Johnny,
la Belgique dans le sang

AMÉLIE SCHILDT

Johnny,
la Belgique dans le sang

Harper
Collins

HARPERCOLLINS FRANCE
83-85, boulevard Vincent-Auriol, 75646 PARIS CEDEX 13
Tél. : 01 42 16 63 63

www.harpercollins.fr

ISBN 979-1-0339-0977-4

À Johnny,
À tous ceux qui continuent à le faire vivre.

« Je ne suis que la somme
Des mains qui se tendent
Des cœurs qui attendent
Je suis ceux qui m'ont aimé. »

(*Ça n'finira jamais*, 2008)

L'annonce

Quatre heures du matin. La sonnerie de mon portable m'extirpe d'un sommeil profond. Le nom de mon rédacteur en chef qui s'affiche finit de me réveiller complètement. « Johnny Hallyday est mort. On prend l'antenne à 7 heures. » Après une série de fausses alertes, rebondissant d'une rédaction à l'autre de Paris à Bruxelles, l'impensable réalité est là. Implacable. Gravée dans le communiqué de Laeticia : « Johnny Hallyday est parti. Jean-Philippe Smet est décédé dans la nuit du 5 décembre 2017. J'écris ces mots sans y croire. Et pourtant, c'est bien cela. Mon homme n'est plus. Il nous quitte cette nuit comme il aura vécu tout au long de sa vie, avec courage et dignité. Jusqu'au dernier instant, il a tenu tête à cette maladie qui le rongeait depuis des mois, nous donnant à tous des leçons de vie extraordinaires. »

L'annonce secoue la Belgique francophone, la bouleverse, fait saigner son cœur de rockeur autant, si ce n'est plus, que de l'autre côté de la frontière. Johnny Hallyday est mort. Mais c'est d'abord Jean-Philippe Smet que pleurent les Belges.

« Un jour ou l'autre, m'arrêter là
Trouver les mots, trouver l'endroit
Prendre le temps d'être avec toi
Seul et autant que tu le voudras. »

(*M'arrêter là*, 2002)

Ma première interview

Le 3 décembre 2011, Johnny a donné rendez-vous à toute la presse au premier étage de la tour Eiffel. Il a semé la Grande Faucheuse dans les couloirs du Cedars-Sinaï à Los Angeles et compte bien célébrer son retour à la vie. Des journalistes venus de toute la France ont fait le déplacement pour cette conférence hors norme. Nous, les Belges, sommes bien sûr du voyage, arrivés par le premier train en petite délégation. Ce jour-là, l'idole n'accordera que deux interviews télé en face à face. L'une à TF1, l'autre à RTL-TVI, la télévision privée pour laquelle je travaille. Du haut de mes vingt-sept ans, me voilà prête à affronter le Mythe. La Légende. Le Taulier. La star qu'on affuble de tous les superlatifs – quitte à friser parfois le ridicule –

me met finalement très vite à l'aise. Derrière son armada d'attachés de presse zélés qui s'agitent à la recherche du cadre idéal – « Pas trop près pour les rides… pas trop large pour le ventre » –, l'homme est d'une simplicité déconcertante. « C'est vous l'intervieweuse ? C'est marrant, vous avez le même T-shirt que moi ! J'ai failli le mettre aujourd'hui ! », lance-t-il, amusé, en regardant mon top à l'effigie de James Dean. Il sirote son soda avec une paille, tout en m'en proposant un. Prévenant, souriant. Et, l'instant d'après, comme déconnecté de la réalité, le regard dans le vide, parti très loin dans sa tête. J'ai lu cent récits évoquant la capacité déconcertante de Johnny à s'isoler, mentalement. Je viens d'en être le témoin direct.

Il faut dire qu'il revient de loin. Deux ans plus tôt, Hallyday a frôlé l'overdose de scène. Il a enchaîné les prestations malgré des douleurs de dos insupportables, repoussant sans cesse ses limites pour honorer ses contrats. Jusqu'à ne plus vouloir partir sur les routes. Le « Tour 66 – *M'arrêter là* » était censé être sa tournée d'adieu, en 2009.

Mais Johnny a finalement retrouvé l'envie. Et ça se voit. Galvanisé par son retour médiatique, le chanteur qui me fait face a l'enthousiasme d'un débutant. Ravi de pouvoir répondre à une interview « pour la Belgique ». Comme souvent lorsqu'il rencontre un journaliste du royaume, Johnny prend plaisir à me rappeler qu'il est « à moitié français, à moitié belge ». « Il doit y avoir quelque chose dans le sang, parce que mes copains en France me demandent tout le temps : "pourquoi tu manges tes frites avec de la mayonnaise ?" » Comme on prend plaisir à répéter une bonne vieille blague à ses amis.

Mon interview vise notamment à mettre l'accent sur une grande première belge pour le rockeur : il va se produire au Sportpaleis d'Anvers, le palais des sports, la plus grande salle de concert du pays où se relaient les stars internationales, d'Elton John à Britney Spears en passant par Beyoncé. Sorte de grand Bercy, moins fréquenté par les artistes francophones, puisque situé en Flandre. Là encore, Johnny plaisante : « Moi, je suis wallon, mais c'est pas grave, c'est pas très loin non plus. J'espère que les Wallons viendront aussi. » Il fait référence aux origines namuroises de sa famille, les Smet. Même si c'est essentiellement à Bruxelles que son père a roulé sa bosse.

Là, au premier étage de la tour Eiffel, dans l'effervescence de la conférence de presse qui débutera juste après mon entretien avec la star, impossible pour moi d'aborder ouvertement la plus vive douleur de sa vie. Mais c'est Johnny lui-même qui va l'évoquer.

« Quand on vous parle de la Belgique, à quoi vous pensez en premier ? » Un voile sombre vient brouiller ses yeux si bleus. « À mon père. Mon père, qui est enterré à Bruxelles. »

« Il m'a donné un nom
Il m'a donné la vie
Tant pis si je ne sais pas qui. »
(*À propos de mon père*, 1974)

L'adieu au père

C'est sous un ciel plombé que quelques badauds se rassemblent à l'entrée du cimetière de Schaerbeek, l'une des dix-neuf communes de Bruxelles. Léon Smet s'en est allé le 8 novembre 1989, à quatre-vingt-un ans, après une vie dissolue, aussi flamboyante que sombre, faite de montagnes russes. De prouesses artistiques en descentes aux enfers.

Quand il apprend le décès de cet homme avec qui il est allé de déception en déception toute sa vie, Johnny décide tout de même in extremis de prendre en charge ses funérailles. L'idée que son père puisse être enterré comme un indigent, dans la fosse commune, lui est insupportable. S'il n'entretenait plus aucune espèce de relation avec Léon, la star venait en aide à son père financièrement, notamment en réglant les factures de sa maison de retraite. Un établissement géré par les services sociaux, le CPAS[1].

L'enterrement n'a pas été annoncé officiellement, mais la presse a réussi à dégoter l'information. Une équipe de RTL-TVI est postée en planque derrière les haies qui bordent le cimetière, pour tenter d'immortaliser le dernier adieu d'un fils à son père.

Johnny est bien là, le visage fermé, dissimulant sa peine immense derrière ses lunettes d'aviateur. Costume gris et cravate pour honorer la mémoire du défunt dans la dignité. À son bras, la toute jeune Adeline l'épaule comme elle le peut du haut de ses dix-huit ans. Certains biographes ont souvent eu tendance à la rayer de l'histoire, pourtant elle est bel et bien présente, tout en noir, comme en témoignent nos images d'archives.

Pour Johnny, l'heure des adieux est d'une violence insupportable. Personne d'autre n'a fait le déplacement pour l'inhumation de son père. C'est en tout cas la triste scène qui s'offre à lui. Seul, devant la tombe de Léon Smet. Un véritable traumatisme.

Dans les pages de *Libération*, le fils blessé se souvient, vingt ans plus tard : « J'étais tout seul. Il n'y avait personne. Pas un ami. Et j'ai vu que le plus terrible, quand on meurt, c'est quand il n'y a personne. Je crois que la grande solitude, c'est ça. [...] Je ne souhaite à personne de finir ainsi.

1. Centre public d'action sociale.

Qu'est-ce que cet homme a pu faire de si terrible dans sa vie pour finir désespérément seul ? »

L'ironie de l'histoire, c'est que tout ne s'est pas déroulé comme Johnny le pensait. Léon n'est pas parti dans l'indifférence totale. Un journaliste belge qui a eu l'occasion de rencontrer le père Smet à plusieurs reprises, Eddy Przybylski, raconte qu'une première cérémonie a rassemblé une vingtaine de personnes. Elle aurait eu lieu lors de la levée du corps à la morgue de l'hôpital Molière, réunissant le personnel de la maison de retraite, des copains de boisson, des fans de Johnny aussi, qui par procuration avaient noué un semblant d'amitié avec le papa, certes plus accessible que l'idole.

Quelques amis sont à nouveau présents pour saluer une dernière fois le fantasque vagabond au cimetière. Mais ce que Johnny ignore, semble-t-il, c'est que la petite assemblée a été tenue à l'écart, à l'extérieur du cimetière. Journalistes y compris. Une décision prise par son attaché de presse de l'époque pour lui assurer une intimité totale. C'est ce que relate Eddy Przybylski, qui a suivi les événements de près. L'intention, certes louable, de l'entourage du chanteur aura eu pour lui des conséquences dramatiques. Johnny n'a eu qu'une vision biaisée de la réalité. Non, il n'était pas seul pour dire adieu à Léon. D'autres étaient bien là. Et pourtant, jusqu'à la fin de sa vie, il gardera l'image d'un père inhumé dans la plus grande des solitudes.

J'aurai confirmation de cette version de l'histoire en échangeant avec celle qui a été le premier témoin de ce triste épisode. Adeline se souvient à quel point son ex-époux a été marqué à vif par cet enterrement : « Ça l'avait choqué que personne ne soit là. On en a parlé toute la nuit qui a suivi. » Johnny n'était donc pas conscient du dispositif mis en place pour lui. Savoir que son père avait bien fédéré quelques proches, au jour du dernier adieu, aurait certainement apaisé un peu sa douleur.

« Plus les coups sont durs
Et plus vite on apprend
À devenir quelqu'un qui se défend. »

(*Les Coups*, 1966)

« Né dans la rue »

Décembre 2009. Une voix apeurée résonne dans les couloirs du très réputé hôpital Cedars-Sinaï de Los Angeles. « Papa, papa, viens me chercher ! » Délirant, placé sous morphine pour l'aider à supporter les douleurs causées par son opération du dos qui a dégénéré en septicémie, Jean-Philippe Smet appelle son père. Il a soixante-six ans, mais le traumatisme de l'abandon paternel est resté gravé en lui. C'est ce qu'il dévoile, une fois rétabli, dans de longues confidences accordées à *L'Express* : « Quand je l'ai enterré [...], plus de quinze ans avant ce putain de coma dans lequel on m'a plongé, j'étais seul derrière le cercueil. Et moi, quand j'ai failli mourir, je me suis senti seul aussi. C'est peut-être pour ça que j'appelais mon père ? »

L'histoire de l'enfance de Johnny n'est un secret pour personne. Il l'a même chantée encore et encore, chaque soir, sur scène. « *Un soir de juin en 1943, je suis né dans la rue par une nuit d'orage [...] Je n'ai pas eu de père pour me faire rentrer le soir, et bien souvent ma mère travaillait pendant la nuit.* »

Le rockeur n'est pas né dans la rue, comme il le chante, mais plus classiquement, dans une maternité, au numéro 3 de la cité Malesherbes, dans le 9e arrondissement de Paris. Aujourd'hui, la clinique Marie-Louise n'existe plus, et la cité est devenue une discrète et très bourgeoise voie privée. Huguette-Eugénie Clerc a vingt-trois ans quand elle donne naissance à son premier fils, Jean-Philippe.

Au début de la guerre, cette élégante blonde qui a connu une enfance modeste travaille dans une crémerie de la rue Lepic. Un jour de 1939, un client bien moins timide qu'elle franchit les portes du magasin. Élancé, les yeux d'un bleu perçant, il a l'accent belge et une sacrée gouaille. Mais aussi douze années de plus que la jeune Huguette et un passé amoureux déjà bien rempli. Dans son autobiographie, *Destroy*, Johnny ne cache pas que – bien avant lui – son père était un « redoutable séducteur qui papillonn[ait] de femme en femme ».

Lorsqu'il rencontre la timide crémière, Léon s'est déjà marié à deux reprises et n'a d'ailleurs pas divorcé d'une certaine Jacqueline Harpet, comédienne avec qui il a partagé l'affiche. Ce qui ne l'empêche pas de tomber amoureux fou de cette jeune femme qui commence par lui résister, du haut de ses dix-neuf ans. Pendant des semaines, Léon lui fait une cour assidue, qui finit par porter ses fruits : le couple s'installe à l'été 1942 dans un petit appartement du 18e arrondissement, puis emménage au 23 de la rue Clauzel dans un atelier d'artistes. Malgré l'argent qui manque, malgré la guerre, ils s'aiment et vivent un bonheur que rien ne semble pouvoir entamer. Comment Huguette aurait-elle pu imaginer que l'arrivée de leur premier enfant noircirait un tableau si parfait ?

La jeune maman commence à déchanter dès son retour de la clinique. Léon déserte son rôle de père et s'absente, parfois durant des semaines. Nul ne sait à quoi il occupe précisément son temps, mais une chose est sûre : il a besoin d'argent. Pour boire, diront certains. Un jour, le père sans scrupule profite d'une absence d'Huguette pour faire main basse sur le berceau et la layette de son petit Jean-Philippe, histoire de gagner quatre sous. C'est en tout cas la version de l'histoire que la famille de Johnny lui a toujours racontée. Celle à partir de laquelle il a dû se construire, sur fond de tabous.

Huguette, toujours amoureuse, accepte tout de ce compagnon sur qui elle ne peut pourtant plus compter. Jusqu'à ce que l'impensable se produise. Début 1944, le bébé n'a pas un an quand Léon disparaît dans la nature. Il descend faire quelques courses à la boutique de la rue Lepic, mais ne revient jamais. En chemin, il aurait retrouvé par hasard une ancienne conquête, prétexte parfait pour laisser derrière lui femme et enfant. À force d'insister, même s'ils sont séparés, et grâce à l'intervention d'Hélène, Huguette obtient tout de même de Léon qu'il reconnaisse son fils. Jean-Philippe Clerc devient Jean-Philippe Smet. Elle y tient plus que tout. Pas question de faire vivre à son petit garçon la honte qu'elle-même a endurée dans son enfance en tant que fille naturelle, fruit des amours entre une Française et un soldat américain.

« N'aie jamais honte du nom que tu portes
Et si la colère un jour t'emporte
Ton âme n'en sera qu'un peu plus forte
Si l'expérience n'est pas lettre morte. »

(*Le Nom que tu portes*, 1991)

Ce qui unit Léon et Johnny

C'est un homme mal fagoté, cigarette au bec, qui boîte avec sa canne dans les rues de Forest[1]. Béret de marin défraîchi vissé sur la tête, costume élimé, charentaises aux pieds. Peu couvert en plein hiver. Frêle, mais droit et digne. Ce jour de décembre 1984, Léon a accepté que les caméras de la télévision belge le suivent dans sa promenade quotidienne.

Je viens d'intégrer la rédaction de RTL-TVI quand je découvre, captivée, ce précieux témoignage dans nos archives. Le personnage que je vois déambuler au fil des vingt minutes de rushes semble bien plus sympathique

1. Commune de Bruxelles.

que l'image que j'en avais jusque-là, véhiculée par les innombrables biographies ou documentaires sur Johnny. Un gentil papy, en somme, très loquace et fier de pouvoir raconter sa propre vie devant des journalistes.

Sur le chemin qui le mène au bistrot, il s'arrête pour caresser un chien promené en laisse. « Ah, un beau chien ! J'adore les bêtes ! Mon rêve, ce serait d'avoir un chien. Mais il n'en est pas question. » Lucide, l'homme est visiblement conscient que la précarité dans laquelle il vit ne se prête pas à une adoption canine. Le pauvre animal serait bien à l'étroit dans la chambre spartiate de la maison de retraite où séjourne le vieil homme. « J'ai déjà eu quatorze chats dans ma vie, c'est pas mal ! », dit-il pour se consoler.

En l'entendant parler ainsi, je ne peux m'empêcher de penser à Johnny et à l'amour infini qu'il porte lui-même aux chiens qui l'ont accompagné tout au long de sa vie : bergers allemands, beaucerons, malinois. Sans oublier le petit bichon, Lucas, adopté avec Laeticia, Santos, labrador noir imposant accueilli dans le foyer en 2011, mais surtout Cheyenne, la petite chienne border collie errante qui a bouleversé le chanteur alors qu'il sillonnait les routes américaines dans son dernier voyage à moto. Johnny l'a embarquée sans hésiter pour lui offrir une nouvelle vie dans le confort californien de sa villa de Pacific Palisades. « Si je pouvais, je ne vivrais qu'avec des animaux. Ils ne te demandent rien, c'est que de l'amour. Ils s'en foutent de Johnny Hallyday, ils m'aiment pour moi », confie l'idole dans le documentaire *Hallyday par Johnny*, réalisé par

Patrice Gaulupeau. Léon n'aurait sûrement pas contredit son fils sur ce point.

Ces deux-là avaient plus d'un point commun, sans forcément en avoir conscience. Cela me frappe d'autant plus lorsque Smet – le père –, dans sa déambulation nostalgique, en vient à évoquer ses aspirations maritimes. « Un jour, des journalistes voulaient faire un reportage sur moi, sensationnel. "Il paraît que vous aimez la mer", qu'ils m'ont dit. — Oui, j'adore la mer, j'aurais voulu être marin d'ailleurs. C'était ma vocation. » Au souvenir de ces années de tous les possibles, Léon semble soudain rajeuni. Ce n'est plus le vieillard trébuchant usé par la bouteille, mais le jeune homme épris de liberté, sans attaches, prêt à prendre la mer à l'improviste. « J'étais sur le port et là j'ai croisé un cargo qui déchargeait. Et j'ai demandé : "Où est-ce que vous allez ? — On part loin, on part à Saint-Jean de Terre-Neuve. — Je peux pas aller avec vous ? Je ne vous embêterai pas à bord." Et je suis parti avec eux ! Soixante-cinq jours de traversée. C'est là que j'ai vu ce pingouin que je voulais adopter. Je voulais l'appeler Alfred ! C'est un souvenir marrant, ça... » Ses yeux bleus en amande si typiquement hallydéens brillent d'une malice qui me laisse penser qu'au fond toute cette histoire pourrait n'être que pure invention. Mais qu'importe. Quand bien même Léon aurait rêvé ces odyssées improbables, son désir de grand large fait une fois de plus écho à celui qui transportera son fils quelques années plus tard.

En 1997, deux ans après avoir rencontré Laeticia à Miami, Johnny décide d'abriter leur jeune amour à bord d'un navire de rêve, le *Only You*. Une année sabbatique, loin de la frénésie médiatique, à voyager d'île en île dans les Caraïbes. De cette échappée naîtra d'ailleurs le coup de foudre du couple pour Saint-Barthélemy. « Rêver sa vie... Je suis un chasseur de rêves, un traqueur d'impossible, un éternel adolescent à la poursuite d'un été sans fin. [...] malgré ma vie d'artiste, je suis un homme de la mer, je sais, je sens que mes racines sont dans l'océan, et c'est sur les océans, exception faite des scènes, que je me sens le mieux et redeviens moi-même, libre et heureux. » C'est avec ces quelques mots que Johnny évoque son voyage à bord de son yacht en introduction du livre *Mes îles, mes rêves*.

Le rêve, la mer, la liberté. Trois piliers fondateurs chez Johnny qu'il semble ainsi tenir, sans vraiment le savoir, du grand absent de sa vie. Léon et Jean-Philippe, portés par les mêmes espoirs, sans avoir pourtant jamais passé de temps ensemble. Et je découvrirai vite que c'est loin d'être leur seul point commun.

« Rien, je ne suis rien qu'un homme
Comme les autres hommes
Qui cherche la lumière. »

(*Un homme comme les autres*, 1977)

Dans les coulisses de Forest National

Installée à mon bureau dans un coin de la rédaction, je ne tiens plus en place. Ce soir du 23 mai 2009, Johnny donnera un concert à Forest National. Hélas, c'est l'un de mes collègues qui est chargé de couvrir l'événement, interview de l'idole en prime. Impossible pour la pigiste débutante que je suis d'imaginer doubler le journaliste musical attitré.

Quelle chance pour lui de pouvoir s'entretenir avec la Légende, qui plus est dans les loges d'une salle de concert aussi mythique ! L'occasion de pouvoir interviewer Johnny est d'autant plus précieuse qu'il s'agit de ce fameux « Tour 66 » censé marquer la fin de ses grandes tournées.

À force d'insister et grâce au soutien de quelques collègues compatissants, je finis par obtenir le droit d'accompagner l'équipe pour observer. C'est déjà ça !

Forest National est une salle de spectacle historique de la capitale belge. Créée au début des années 1970, elle a vu passer les plus grands noms de la chanson française : Charles Aznavour, Michel Polnareff, Claude François, Mylène Farmer… Mais aussi les plus grandes stars internationales, de James Brown à Ella Fitzgerald en passant par Pink Floyd, Queen ou encore les Rolling Stones. Johnny lui-même s'y est produit à plus d'une quarantaine de reprises au cours de sa carrière, ce qui l'inscrit au palmarès des artistes qui y ont chanté le plus souvent. Numéro 3 derrière son ancien comparse Michel Sardou et l'inusable Chantal Goya. Et nous voici en train de pénétrer dans le saint des saints par un accès VIP, plusieurs heures avant le show, afin d'installer le matériel.

Histoire de me donner une contenance et de justifier ma présence *backstage*, je me retrouve à tirer des câbles dans les longs couloirs de Forest. Reliés au camion satellite, ils permettront d'assurer la retransmission de l'interview en direct depuis la loge de la star. Johnny est censé intervenir dans le journal télévisé de 19 heures de RTL-TVI, avant de monter sur scène une heure plus tard. Il est aussi prévu qu'il accorde une interview croisée à Serge Jonckers, expert musical de la radio Bel RTL, et à Jean-Claude Gerlache, mon aîné de la télévision. Autrement dit, un planning ambitieux juste avant le début de son show. Surtout quand on sait à quel point l'homme est peu ponctuel. Mais l'horaire a bien été validé par son producteur de l'époque, Jean-Claude Camus. Le voici d'ailleurs, la mine sévère, qui vient inspecter notre installation alors qu'approche l'heure fatidique. La caméra est en place sur son trépied, de même qu'un petit haut-parleur qui permettra à l'artiste d'entendre le retour – les questions de la présentatrice du journal, Caroline Fontenoy, depuis le studio. Les deux journalistes attendent leur tour, plongés dans leurs notes. Je perçois leur fébrilité malgré la longue expérience qui est la leur. Interroger Hallyday, c'est toujours sauter sans filet.

L'attaché de presse belge chargé de nous encadrer fait des allers-retours tout aussi tendus entre notre loge et une autre qui échappe à mon champ de vision. Johnny est en retard. « Il est en train de s'engueuler avec Laeticia », lâche le communicant, de plus en plus nerveux. L'heure tourne, et l'intervention en direct de la star dans le journal télévisé est sans cesse repoussée. Passé 19 h 30, il sera trop tard. Depuis le fond de la loge, j'assiste, fascinée, à toute cette agitation très nouvelle pour moi. Marie, la camerawoman, m'a placée juste à côté d'elle, dans l'axe du regard de notre invité de prestige.

Johnny Hallyday fait enfin son entrée. Fauve qui avance insensiblement. Un silence de plomb s'installe dans la loge soudain minuscule. Ce magnétisme, cette présence quasi animale dont j'ai si souvent entendu parler n'est pas une invention des médias à la gloire du rockeur. C'est un lion qui impose le respect par sa simple présence. Et peut-être encore davantage quand il semble contrarié, comme c'est le cas ce soir-là, à quelques dizaines de minutes de monter sur scène. Contrairement à bien des célébrités en pareille situation, ravies de pouvoir déverser leur mauvaise humeur sur les équipes de presse et autres assistants – j'ai pu l'expérimenter quelques fois –, Johnny reste poli avec chacun, même s'il a la mine des mauvais jours. Est-ce le timing très serré d'avant-concert qui le met sous tension ? Un problème d'ordre privé ? L'exercice du direct télévisé qui, il faut bien l'avouer, n'a pas toujours été très flatteur pour lui ? La séquence du JT de TF1, dans laquelle, face à Claire Chazal, il confond la chanteuse Zazie et le footballeur Zizou fait aujourd'hui encore les choux gras de ses détracteurs et alimente allègrement les bêtisiers de fin d'année.

Ce soir-là, le chanteur ne déborde pas d'enthousiasme, mais il fait le job. Depuis ma place de choix derrière la caméra, je me plais à détailler l'idole. Pas encore en tenue de scène, dans une simple chemise à imprimé serpent, le col déboutonné sur son imposant pendentif – un Jésus crucifié qui porte une guitare électrique –, le rockeur répond une à une aux questions de la présentatrice du journal. Puis il enchaîne comme prévu avec l'interview enregistrée, menée par mes deux collègues de la radio et de la télé, qui alimentera les éditions du lendemain agrémentées de critiques du spectacle. Quand l'un des journalistes l'emmène sur le terrain du cinéma, tous les verrous semblent soudain céder.

Comme ranimé par la flamme de sa passion de toujours, Johnny devient intarissable.

À l'époque, il vient de tourner dans le très violent film d'action asiatique réalisé par Johnnie To, *Vengeance*. Une prise de risque qui réjouit Hallyday, content qu'on lui ait proposé autre chose qu'une comédie convenue. Il y incarne un ancien tueur à gages reconverti en chef de cuisine qui se rend à Hong Kong pour venger sa fille.

« Moi, en tant qu'acteur, quand je suis arrivé à Hong Kong, j'étais paumé, parce que tout est différent de chez nous. Les gens ne s'expriment pas, ils parlent très peu anglais. Ça m'a servi pour le personnage. »

Cette année-là, Johnny a annoncé vouloir arrêter la scène. Overdose de tournées. À soixante-six ans, il vient d'adopter une deuxième petite fille avec Laeticia : Joy. Il entend bien pouvoir se consacrer désormais à sa vie de famille plutôt que sillonner sans cesse les routes de France et de Belgique. Il l'explique sans détour dans cette interview : « J'aurai plus de temps pour m'occuper de ma famille, de mes enfants qui sont en bas âge, de ma femme. Je pourrai vivre un peu ma vie d'homme que je n'ai pas toujours vécue comme j'en avais envie. »

Mais le chanteur nourrit aussi un autre rêve : relancer sa carrière d'acteur à l'international. Le projet semble sur les rails : présenté à Cannes, le film de Johnnie To a été adoubé par la critique. Hallyday, l'acteur, fourmille de projets.

« Après la projection de *Vengeance*, j'ai passé la soirée avec Quentin Tarantino, qui m'a proposé un rôle pour son prochain film. Pour l'instant, les choses se passent bien. J'ai l'intention de tourner beaucoup plus de films qu'auparavant. À cause des tournées, j'ai dû refuser pas mal de scénarios qui me plaisaient. »

Devant nos caméras, alors que le concert est imminent, Johnny s'est détendu et ne cache pas sa fierté d'être ainsi courtisé par l'un des plus grands réalisateurs américains. C'est tout le cinéma qu'il aime : les films d'action, avec une bonne dose de violence.

Pour ceux qui le connaissent, ce n'est pas vraiment une surprise. Johnny n'a jamais cessé de répéter que, tout jeune, il rêvait surtout d'être acteur. Bien avant de se produire sur scène avec un look de petit cow-boy, la guitare à la main, le blondinet n'a que dix ans quand il joue les figurants dans *Les Diaboliques* de Henri-Georges Clouzot. Si ce talent-là a vite été supplanté dans le cœur du public par sa voix inimitable, Jean-Philippe Smet se sentait pourtant profondément acteur. Et c'est encore à sa famille belge qu'il le doit.

« Elle sort d'un tableau de Hopper
Elle attend quelque chose de beau
Un rêve qui ne fasse plus peur
Un amour qui lui tienne chaud. »

(*Un tableau de Hopper*, 2012)

Le cinéma en héritage

Léon s'est fait la malle. La jeune Huguette se démène pour garder la tête hors de l'eau. Engagée comme mannequin cabine par de grands couturiers, la maman manque de temps pour s'occuper, seule, de son petit Jean-Philippe. Elle s'en remet alors à Hélène, la sœur aînée de Léon, déjà mère de deux grandes filles, Desta et Menen. L'arrivée du bébé est accueillie avec beaucoup de sérénité, comme s'en souvient la cousine de Johnny dans son livre-témoignage, *Johnny, l'enfance d'une star* : « Maman avait accepté bien volontiers d'accueillir à la maison ce neveu qui lui tombait du ciel. Elle avait déjà deux filles. Désormais, elle avait également un fils. Ma sœur et moi étions ravies, émerveillées à la perspective d'avoir un vrai bébé à pouponner. Si, par les liens du sang, Johnny n'est que mon cousin germain, il est et restera toujours, par ceux du cœur, "mon petit frère". »

La version donnée par Léon, le père lui-même, lors de sa rencontre avec l'équipe de la rédaction de RTL-TVI, en 1984, est plus prosaïque : « Je vivais à Paris et c'est ma sœur – une femme très sympathique d'ailleurs – qui un jour est venue me voir. Elle est venue me chercher et elle m'a dit : "Écoute, tu dois faire quelque chose avec ton fils ! Tu vas pas le laisser comme ça." J'ai dit : "Qu'est-ce que tu veux que je fasse avec lui ? – Occupe-toi, débrouille-toi." J'ai dit : "Je ne vois pas." Alors elle s'est occupée de lui, et le résultat vous le connaissez, hein. »

Si Hélène ne rechigne pas un instant à prendre le garçon sous son aile, c'est parce qu'elle a déjà derrière elle une solide expérience en matière d'éducation. L'aînée de la fratrie Smet a vingt ans de plus que son petit frère Léon. La famille a basculé dans l'horreur un soir de juin 1908. Le papa, Clément Antoine, conducteur de locomotives, est fauché par un train en traversant la voie ferrée, piégé par un épais brouillard. Le fait-divers est relayé dans la presse de l'époque. « Affreux accident à la gare du Nord ! Un machiniste coupé en deux ! », titre *Le Soir.* À cinq semaines à peine, le petit Léon se retrouve privé de père.

L'enfance du garçonnet ne sera guère plus paisible. Il n'a que six ans quand éclate la Première Guerre mondiale. Sa mère, Marie-Barbe, fuit la Belgique dans la précipitation avec Hélène et lui. Ils parviennent à traverser, à pied, la frontière avec les Pays-Bas, puis embarquent sur un cargo de marchandises, direction l'Angleterre. Les deux autres frères d'Hélène, engagés dans l'armée, sont envoyés au front. Hélas, le plus jeune, Arthur, périt en 1917. Il avait vingt-quatre ans. Le plus grand, Joseph, est grièvement blessé. Pour Marie-Barbe, qui a déjà perdu son époux quelques années plus tôt, la mort d'un fils est insurmontable. Quand la famille rentre à Schaerbeek à la fin de la guerre, Marie-Barbe n'a plus la force d'élever Léon. C'est sa fille, l'inébranlable Hélène, l'aînée de la fratrie, qui prend les choses en main et s'occupe de son éducation. Toute la destinée des Hallyday en découle, car c'est bien Hélène qui va insuffler son amour des arts de génération en génération.

Hélène Félicie Ghislaine Smet est la première de la famille à se lancer dans la vie d'artiste, probablement elle-même influencée par le passé de sa maman. Selon les recherches généalogiques menées par le journaliste Eddy Przybylski, qui a reconstitué une bonne partie de l'arbre de Johnny côté belge, Marie-Barbe exerce comme danseuse avant de rencontrer son mari, Clément. Elle aurait aussi fait un peu de théâtre, ce qui n'était pas vu d'un très bon œil par sa belle-famille, au mode de vie plus traditionnel dans la campagne namuroise, loin de la frénésie de la capitale.

Hélène, elle, ne demande qu'à sortir de l'ordinaire, portée par ses rêves de gloire. D'abord infirmière, elle s'essaie au cinéma muet, sous le pseudonyme d'Ellen ou Eleen Dosset, selon les sources. Sur les films tournés à Londres pendant leur exil, mais aussi à Rome et Bruxelles, peu d'informations subsistent. À peine trouve-t-on encore trace d'un drame belge, *Le Mouton noir*, tourné en 1922. Ses filles assurent qu'elle avait aussi une « fort jolie voix ».

Si Hélène Smet met rapidement fin à sa carrière une fois mariée à Jacob Mar, consul honoraire d'Éthiopie à Bruxelles, elle va donner à ceux qu'elle aime la chance de pouvoir s'essayer aux arts les plus variés. À commencer par Léon, son petit frère. Encouragé par sa deuxième maman, et avec son appui financier, il devient un véritable touche-à-tout au destin artistique prometteur. À la fois mime et acrobate, il se distingue dans le ballet du théâtre royal de la Monnaie. C'est là qu'il tombe sous le charme d'une danseuse, Nelly Debeaumont, qui deviendra sa première épouse. Tous deux montent un numéro itinérant qui les emmène sur les routes pendant trois ans.

Le jeune homme s'essaie ensuite avec brio à la comédie. Sur les traces de sa grande sœur, il prend à son tour un pseudonyme, Jean Michel, pour tourner dans le film d'avant-garde d'Ernst Moerman, *Monsieur Fantômas*. Dans ce court-métrage muet en noir et blanc, Léon tient le premier rôle, mais jamais on ne voit son visage. Aujourd'hui les cinéphiles les plus pointus considèrent ce film comme un classique du genre. Le poète Paul Éluard l'a même qualifié de « chef-d'œuvre » en son temps.

Le surréalisme, voilà ce qui plaît vraiment à Léon Smet. Épris de théâtre, il fonde en 1935 son propre cabaret à Bruxelles, Le Trou Vert, dans lequel évolue sa troupe, le Théâtre des Arts. D'abord installé près de la Grand-Place, 11, rue Montagne-aux-Herbes-Potagères, puis dans le quartier du Sablon, au-dessus de l'Estrille du Vieux Bruxelles, estaminet toujours visible dans cette petite rue de Rollebeek des plus typiques. Intellectuels de gauche, anarchistes et surréalistes convaincus s'y côtoient joyeusement. Léon, alias Jean Michel, se construit petit à petit une excellente renommée. Il rencontre des pointures telles que Jean-Louis Barrault ou Jean Cocteau. Il monte même des cours d'art dramatique, fréquentés notamment par un certain Serge Reggiani. L'interprète de *L'Italien* n'a jamais tari d'éloges sur les talents du père de Johnny, ce qui a touché la star en plein cœur : « J'aime rencontrer Serge Reggiani, car c'est la seule personne au monde à me dire du bien de mon père », dit-il dans son autobiographie *Destroy*.

À l'approche de la Seconde Guerre mondiale, Léon l'insouciant se lance dans un nouveau défi artistique : il monte un numéro de clowns avec deux amis, un certain Berghmans et Fernand Piette. Le projet aurait tourné court en mai 1940, l'un des deux acolytes se faisant arrêter par les Allemands, l'autre partant s'exiler dans le sud de la France. Entre-temps, Léon s'est établi avec le reste de sa famille à Paris. L'artiste aux nombreux talents va y tenter sa chance, accompagné de sa nouvelle épouse, une comédienne surnommée Jacotte.

L'aventure parisienne lui réussit. Toujours dans la veine surréaliste, Léon récite des poèmes. Son talent lui ouvre les portes des cabarets à la mode, il fréquente le Tout-Paris. Mais le trentenaire se laisse aussi séduire par ce que la vie d'artiste a de plus chaotique. Les nuits mouvementées, les filles, l'alcool. Serge Reggiani se souvient aussi que le père de Johnny avait déjà quelque chose de « vagabondeux » (Eddy Przybylski, *Hallyday, les derniers secrets*).

Hélène a fait de Léon un comédien reconnu, en lui donnant toutes les clés pour qu'il puisse trouver sa voie et développer ses talents. Ses filles seront danseuses. Desta et Menen sont les cousines de Johnny, plus âgées que lui d'une petite vingtaine d'années. Leur mère, très impliquée dans leur carrière, joue en quelque sorte les managers. Quand Jean-Philippe rejoint le foyer familial, il intègre aussi, d'une certaine façon, la petite troupe. C'est encore Hélène qui l'initie à la danse, au chant et à la musique en général. Sans elle, sans sa bienveillance, son sens de l'expression scénique, Jean-Philippe Smet se serait-il un jour glissé dans le costume de Johnny Hallyday ? Serait-il même jamais devenu artiste, sous quelque pseudonyme que ce soit ?

Grandir dans les loges de ses cousines, partager avec elles des conditions de vie très sommaires, en quête de cachets pour subsister, assister à leurs répétitions jour après jour, les voir dépasser leur souffrance parfois, comme l'exige nécessairement la danse classique. Voilà comment Jean-Philippe Smet s'est formé au métier d'artiste. À la dure. Ces fondations acquises dans son enfance aux côtés de ces femmes l'ont guidé sur scène jusqu'au bout. J'ai pu en prendre pleinement conscience en m'entretenant avec lui lors d'une interview d'après-concert, en 2011. Ce soir-là, Johnny était particulièrement loquace.

« Il n'y a rien de plus dur que la danse comme discipline. J'ai toujours appris que les choses difficiles ou éprouvantes, il faut toujours donner l'impression qu'elles sont faciles. Et finalement, elles le deviennent. Il ne faut pas montrer aux gens quand on peine. Ça arrive à tout le monde, surtout aux chanteurs, d'avoir des faiblesses. Il y a des jours où on attrape froid, où on a moins de voix. Mais il ne faut pas le montrer. C'est une chose que j'ai apprise depuis que je suis petit. La première fois que je suis monté sur scène, j'avais huit ans. J'ai toujours connu cet environnement, les coulisses, depuis que je suis môme. Ayant vécu toute ma vie là-dedans, ça me paraîtrait bizarre de faire autre chose. J'ai toujours donné au public le mieux que je puisse faire. »

Avec le recul, ces propos prennent tout leur sens. Voilà comment en 2017, affaibli par le cancer du poumon qui le ronge, Johnny Hallyday parvient tout de même à monter sur scène avec ses comparses des Vieilles Canailles. Le corps en vrac, au bord de l'épuisement… il chante. Envers et contre tout. Fidèle à l'enseignement de la tante Hélène. Bien sûr, l'amour que lui renvoie le public est aussi le meilleur des dopants, mais je ne peux m'empêcher de penser que le petit Jean-Philippe, l'enfant de la balle, est toujours là quelque part, soucieux de bien faire, comme on le lui a appris. Pas question de laisser paraître un seul signe de faiblesse.

« Entre nous, aucune demi-mesure
Aucun mur ne tiendra debout [...]
Une histoire d'amour entre nous. »

(*Entre nous*, 2002)

Dernier round à Bruxelles

« Gare-toi à l'arrière du Palais 12[1]. » Ce dimanche de juin 2017, mon collègue et moi avons pris de l'avance pour accéder à la salle de spectacle où doivent se produire les Vieilles Canailles dans la soirée : MM. Johnny Hallyday, Jacques Dutronc et Eddy Mitchell. Depuis quelques années, j'ai réussi à m'imposer au sein de la rédaction de RTL Info comme la journaliste de référence dès que l'actualité touche au rockeur. L'effervescence médiatique autour de cette tournée est d'autant plus grande que l'on sait que Johnny souffre d'un cancer du poumon. Il l'a confirmé trois mois plus tôt dans un communiqué publié sur Instagram, tout en minimisant la gravité de son état : « L'affluence de

1. Salle de spectacle au sein du Palais des Expositions de Bruxelles.

mensonges qui circulent sur mon état de santé me choque profondément. Les informations alarmistes répandues par certains médias et les réseaux sociaux sont erronées, gênantes et indignes. [...] Alors je vous rassure, je vais très bien et suis en bonne forme physique. On m'a effectivement dépisté il y a quelques mois des cellules cancéreuses pour lesquelles je suis actuellement traité. Je suis suivi par d'excellents professeurs en qui j'ai une totale confiance. Mes jours ne sont aujourd'hui pas en danger. »

Pourtant, du côté des fans, l'inquiétude est réelle. J'ai justement rendez-vous avec plusieurs d'entre eux, quelques heures avant le concert. La bande belge. Le noyau dur. Ceux qui campent littéralement deux jours avant les shows pour s'assurer la meilleure place au premier rang. Pas question pour eux d'imaginer passer un concert ailleurs qu'accrochés à la barrière, de préférence juste face au micro du chanteur. L'endroit stratégique qui leur permettra de communier avec lui pendant plus de deux heures, les yeux dans les yeux. Nadine, Bernard et Christine, je les ai rencontrés lorsque j'étais encore étudiante en journalisme. Déjà intriguée par le phénomène Hallyday, j'avais décidé de consacrer un article à ses fans. J'ai donc glissé la tête sous l'une de leurs tentes dressées devant Forest National, un matin de concert. Ils m'ont accordé leur confiance. Ils se sont livrés sur cette passion dévorante – en temps, en argent et encore bien au-delà. Faire passer Johnny avant tout le reste, c'est un vrai choix de vie. De concerts en reportages, nous sommes restés en contact.

Pour applaudir les Vieilles Canailles, nul besoin de camper. Les places sont numérotées. Le groupe de fans, toujours bien informé, s'est positionné cette fois stratégiquement à l'arrière du site pour guetter l'arrivée de la star en grande pompe. Puisque le couple Hallyday vient tout droit de Lille en voiture, ville du lancement de la tournée, Laeticia a organisé pour son mari une escorte phénoménale : une centaine de bikers belges pour l'accompagner sur le ring – le périphérique bruxellois – jusqu'au Palais 12. L'épouse du chanteur retransmet la scène très rock'n'roll en direct sur les réseaux sociaux.

Pourtant, je sens bien que Nadine, Bernard et Christine n'ont pas le cœur à se réjouir. La mine défaite, ils ont encore du mal à se remettre du spectacle lillois de la veille. Toujours au premier rang, les fans belges ont été les témoins directs de la souffrance de leur idole. Johnny, assis la plupart du temps sur un tabouret, quand ses acolytes chantaient debout. Lui l'inébranlable, la force de la nature, le Taulier, contraint de quitter la scène entre deux morceaux tant il avait mal. « Il faut qu'il arrête. Il faut qu'il arrête cette tournée, il doit penser à lui maintenant. » Bernard, brushing blond, bouc soigné et chemise ouverte sur des chapelets noirs agrémentés d'un crucifix semblable à celui qu'arbore Hallyday, dissimule ses larmes derrière des lunettes noires. Il ne répondra pas à mes questions ce jour-là, par peur d'être débordé par l'émotion.

L'état de santé préoccupant de Johnny n'a pas surpris que ses admirateurs. Les musiciens qui l'accompagnaient sur scène ont eux aussi eu l'impression certains soirs que le rockeur ne pourrait pas aller au bout du show. Thomas Dutronc, présent tout au long des concerts de son père, me confiera quelques mois après la tournée que personne n'imaginait que Johnny allait aussi mal. Jacques Dutronc et Eddy Mitchell raconteront bien plus tard comment ils ont vu leur ami « souffrir le martyre », monter sur scène comme un guerrier, entre deux chimiothérapies.

« Avec Jacques, on se regardait parce que, l'après-midi, on savait qu'il avait fait de la chimio. Et le soir, il chantait avec ses tripes et ça, c'était extraordinaire », évoque l'ancienne « Chaussette Noire » dans l'émission *En aparté* sur Canal+. C'est notamment le cas lors de ce premier concert lillois si déstabilisant pour ses fans : le rockeur a reçu un traitement la veille. Et pourtant il applique les conseils de la tante Hélène jusqu'à l'extrême. Ne rien montrer. Faire comme si tout allait bien.

Des coups de sifflet résonnent et viennent rompre le silence qui s'est installé parmi les fans. Voiture de police en tête, le cortège de bikers conduit l'idole jusqu'au Palais 12, conformément aux plans conçus par Laeticia. C'est elle qui a pris contact avec le club de motards, histoire de rebooster son mari. « Quel accueil, mon amour », souligne-t-elle dans la vidéo *live* qu'elle partage sur Instagram. Alors que les vrombissements se mêlent aux klaxons, la star fait enfin son apparition, dissimulée dans une Mercedes noire. Les fans, à l'affût sur le trottoir, distinguent furtivement un geste de la main. Le signe des rockeurs. Le poing fermé, index et auriculaire relevés. Il n'en faut pas plus pour que Bernard retrouve le sourire. Comme si, en une fraction de seconde, par ce simple geste, Johnny avait fait savoir à ses fans que, ce soir-là, il tiendrait le coup. Pour eux.

Et de fait, sa prestation bruxelloise a quelque chose de rassurant par rapport à celle de la veille. Est-ce parce qu'il se sent « à la maison » que le chanteur semble plus serein ? Son équipe de communication, elle, est sur les dents. Avec mon cameraman, nous sommes autorisés à filmer deux titres, comme souvent dans ce genre d'événements. Mais le dispositif est bien plus strict que d'habitude. Les images que nous tournons doivent être validées par chacun des imprésarios des trois artistes. Johnny, Eddy et Jacques. Le manager du rockeur, Sébastien Farran, est évidemment le plus tendu. Après la prestation fragile de la veille, pas question de laisser échapper des images d'un Johnny diminué. La consigne est claire : « Vous filmez les deux premières chansons, puis vous nous suivez en loge pour qu'on puisse les visionner. » Seulement voilà, j'ai moi aussi assisté au concert de Lille et j'estime que l'entrée sur scène des trois compères au son des *Playboys* est certes touchante, mais que ce n'est pas le moment le plus « vendeur ». À vrai dire, la séquence manque d'énergie. Pourquoi ne pas attendre que le show trouve son rythme de croisière et immortaliser des titres plus emblématiques et entraînants ? Je tente bien de faire passer le message au responsable, mais ce qui est prévu est prévu. Nous filmons donc le début du spectacle comme demandé : *Les Playboys*, puis *Noir, c'est noir.*

Direction les coulisses avec tout le matériel pour la séance de « vérification ». Les managers de Dutronc et de Mitchell sont plutôt contents. Celui de Johnny déchante. « C'est mou », tranche-t-il sans prendre de pincettes. Il se range finalement à ma proposition, et nous accorde deux morceaux supplémentaires. Au montage, nous garderons le titre popularisé par Serge Gainsbourg, *Vieille canaille*, et *On veut des légendes*. Deux chansons qui en disent long sur l'amitié qui lie les trois hommes et qui leur offrent l'occasion de s'amuser sur scène. C'est dans la boîte.

Nous prenons aussi le soin de tendre le micro aux fans à la fin du spectacle, histoire de glaner quelques réactions. Johnny a tellement assuré ce soir-là, à Bruxelles, que Bernard et Nadine sont désormais en joie. « J'ai vu un grand Johnny, je pars le cœur tranquille », « Vous voyez que c'est un battant, il y arrive ». J'ai le sentiment, en les écoutant, que la force déployée par la star sur scène est pour eux proportionnelle à ses chances de vaincre la maladie. Si seulement !

« Le troisième cri que j'ai lancé
Fut celui de l'homme comblé
Lorsque la foule me rappela
En scène pour la dixième fois
L'éclat du succès me fit peur. »

(*Quelques cris*, 1999)

A star is born

« Ma petite Line Renaud, il faut maintenant présenter aux téléspectateurs le jeune Johnny Hallyday qui est votre filleul et qui vient de chanter. » C'est une séquence culte de la télévision française que je revois toujours avec beaucoup d'amusement. La première télé du rockeur, à dix-sept ans, conduite par l'animatrice Aimée Mortimer. Il vient d'interpréter son premier tube, *Laisse les filles*, avec sa guitare et un jeu de scène savamment inspiré de son modèle, Elvis Presley. Si les images n'étaient pas en noir et blanc, on verrait sûrement le rouge monter aux joues de ce jeune homme si timide, sommé de répondre aux questions de sa marraine de métier, Line Renaud.

« Je voudrais bien poser des questions à mon filleul, mais je vous préviens, Aimée, il répond par oui ou par non. C'est Monsieur Oui-Non. » Il faut dire que, pour son premier grand moment médiatique, le jeune chanteur s'apprête à cautionner un mensonge devant la France entière. « Il s'appelle Hallyday, parce que son père s'appelle Hallyday, il fallait y penser… Le père est américain, et la mère est française. » Johnny laisse le soin à sa marraine de détailler l'explication. Qui ne dit mot consent. On n'imaginerait pas à l'époque déballer les détails de l'enfance compliquée du petit Jean-Philippe – abandonné par son père, puis confié à sa tante. Mieux vaut en l'occurrence construire sa légende et le dire à moitié américain plutôt qu'à moitié belge, surtout quand on veut devenir une star du rock'n'roll !

Certes, un Américain fait bien partie de sa vie, mais Johnny le considère davantage comme un grand frère. À la fin des années 1940, sa cousine Desta a le béguin pour Lee Ketcham, danseur, chanteur de music-hall. Il rejoint le duo que forment déjà les cousines de Johnny, et le groupe devient les « Halliday's ». Un pseudoyme « porte-bonheur », inspiré du nom du médecin de famille de Lee, originaire de l'Oklahoma. Jean-Philippe se forge aux côtés de ce nouveau modèle masculin très important dans sa vie, qui le surnomme affectueusement « Johnny ». Il reprendra même son nom de scène pour sa propre carrière. Une erreur de frappe sur la pochette du premier 45 tours de Johnny changera le *i* en *y*.

Mais ses racines paternelles n'ont pas été occultées de son quotidien pour autant. À la maison, la tante Hélène continue d'employer des expressions bien de chez elle. Quand il s'agit de compter, Jean-Philippe ne dit pas « soixante-dix » ou « quatre-vingt-dix », mais bien « septante » et « nonante ». Tout dans son éducation le ramène aux origines du père. Entre deux tournées avec sa tante et ses cousins danseurs, il lui arrive même de séjourner en Belgique chez la nièce d'Hélène. Joseph Smet, l'autre frère d'Hélène, est devenu le père d'une fille – baptisée Hélène elle aussi – et le grand-père d'un petit Georges, à peine plus jeune que Johnny. Précieux témoin de l'enfance du chanteur, il fallait nécessairement que je le rencontre.

« Mais où sont tous les gens que j'aimais ?
Je serai seul à tout jamais
Tout le temps qui fuit ne revient pas.
Comme un voleur, loin il s'en va. »

(*Ma vie*, 2007)

Le cousin Georges

Paris, dans l'un des hôtels les plus luxueux de la capitale française. C'est là que je dois retrouver Johnny Hallyday pour le lancement de son nouvel album, *Rester vivant*, réalisé par Don Was. Je n'ai pas de rendez-vous privé avec l'artiste, c'est ce qu'on appelle un « junket » : la star est installée dans une suite de l'hôtel, réaménagée pour l'occasion en studio de télévision. Tout est en place : éclairage, caméras et maquilleuse. Les journalistes se relaient et récupèrent une carte mémoire à la sortie qui contient l'interview. Autrement dit : l'idole répond à des questions à la chaîne, et ce n'est pas ce qu'elle préfère. Je suis moi-même en mauvaise position sur la liste. Septième ou neuvième. Johnny risque d'en avoir assez de répéter les mêmes explications encore et encore, et je n'ai pas la prétention de réinventer l'eau chaude puisqu'il s'agit avant tout de faire la promotion de cet album.

Mon tour venu, j'entends, tout en m'installant dans le fauteuil qui lui fait face, que Johnny a en outre prévu d'assister dans la soirée à un concert de Mathieu Chedid. Il n'a vraiment pas envie de s'éterniser. Mon stress est à son comble quand les équipes techniques m'indiquent un petit écran, une tablette numérique positionnée sur ma droite, qui affiche un compteur de dix minutes. C'est le temps qui m'est imparti pour établir une chouette relation avec Johnny et « obtenir » de lui autre chose que des banalités. Challenge.

J'évoque notamment *Te manquer*, cette chanson écrite pour lui par Jeanne Cherhal et composée par Yodelice, sublime mais très dure, dans laquelle un homme disparaît dans la nature pour ranimer la passion de sa compagne.

« *Je partirai un soir, quand tu m'aimeras encore.*
Je partirai d'ici pour raviver le feu.
Pour tracer de mémoire, les contours de ton corps.
Je partirai aussi, pour le plaisir du jeu.
Te manquer, te manquer. Je voudrais te manquer. »

Là où je vois une forme de cruauté, Johnny me renvoie très prosaïquement à la difficulté du mariage. « Vous êtes mariée ? » Je réponds, gênée, par la négative. « Alors vous ne pouvez pas savoir », lâche-t-il avec un petit rire. « Ce qu'il y a de plus dur dans un mariage, ou dans la vie à deux, ce sont les habitudes. Les habitudes finissent par casser quelque chose dans le désir l'un de l'autre. À mon avis, c'est ce qu'il faut éviter pour qu'un couple dure. » En repensant à ces explications plus tard, je réaliserai que c'est l'une des rares fois où le chanteur laissera entendre que son mariage avec Laeticia – mariage qu'il a toujours encensé dans les médias par ailleurs – avait en fait ses hauts et ses bas. Les stars n'échappent pas aux épreuves du quotidien et de la routine.

Lors de cet entretien, j'essaie de ramener Johnny sur le terrain de la Belgique. « Quand vous êtes à Bruxelles, voyez-vous encore des amis, de la famille ? » La mine plus sombre, il me répond qu'il n'a plus personne en Belgique. Je regrette de ne pas avoir eu connaissance à ce moment-là de l'existence de Georges Demarteau. J'aurais été curieuse de savoir si le rockeur se souvenait encore de son cousin. L'avait-il oublié ? Ou volontairement rayé de la liste, comme il pouvait le faire quand il sentait l'autre trop intéressé ? Savait-il dans quelles tristes conditions vivait celui qu'il avait pourtant bien connu durant son enfance ?

Au fond d'un chemin sur les hauteurs de Belgrade, en bordure de Namur, une espèce de container-caravane trône sur un terrain envahi par les mauvaises herbes. Un homme à la longue barbe hirsute de Père Noël passe soudain la tête par la porte, accompagné de son chien. Georges Demarteau, ancien antiquaire, vit aujourd'hui dans un dénuement apparent. Heureux de réveiller ses souvenirs de jeunesse, il renverse sur la table un sac plastique rempli de photos en noir et blanc. J'identifie sans mal la très chic tante Hélène, collier de perles et style très années 1920, immortalisée aux plus belles heures de sa gloire d'actrice de cinéma[1]. Cette dédicace, adressée à la fille de son frère – la maman de Georges : « À ma petite nièce, Hélène. »

« Mes parents habitaient Bruxelles. Eux, ils étaient toujours en tournée. Les filles Desta et Menen dansaient. Un peu plus tard, Johnny grattouillait sur une guitare, pour cinq francs. Il y a eu des moments où la petite troupe se retrouvait sans pognon et sans boulot. Alors mes parents les ont hébergés, le temps qu'ils trouvent un nouveau contrat. Moi, j'avais quatre ou cinq ans, Johnny deux ans de plus. » C'est à ce moment-là, qu'il situe autour de 1950, que le vieil homme se souvient avoir partagé quelques bains rudimentaires avec son cousin Jean-Philippe. « On était lavés dans une grande cuve en galvanisé. À l'époque c'était comme ça, nous n'avions pas de salle de bains. »

Le septuagénaire se rappelle aussi un détail très précis : Johnny présentait un défaut d'élocution. Il zozotait ! « Il avait une déformation quand il parlait. Au lieu de dire un "couteau", il prononçait "touteau". » L'anecdote a été commentée par le chanteur dans son autobiographie. Tout petit, il s'était emparé de pastilles de soude caustique, utilisées à l'époque pour fabriquer du savon. Il avait mis du temps à réapprendre à articuler correctement après la

1. Voir le cahier photos.

vive brûlure causée par l'accident. « Quand je suis fatigué, ça revient et je me remets à zozoter », confie-t-il dans *Destroy*. Si vous écoutez bien certains enregistrements des débuts, vous pourrez l'entendre. C'est assez flagrant, par exemple, dans un titre de 1965 quelque peu oublié : *Les Monts près du ciel*. « *Oh trop souvent* ze *suis venu et trop souvent tout seul…* »

La mémoire embrumée par les années, Georges ne parvient plus à retracer précisément tous les moments partagés avec son cousin dans leur enfance. « On s'est revu quelques fois en coup de vent. Jean-Philippe, sa tante et ses cousines sont venus à la mer du Nord, mais je n'oserais affirmer s'ils avaient logé chez nous ou pas. »

En revanche, il se souvient nettement des passages mouvementés de Léon Smet, le père de Johnny, lui aussi accueilli à l'occasion à leur domicile. Mais jamais en même temps que son fils. « Il a habité chez nous, et chez mon grand-père [Joseph Smet, le frère de Léon]. Un jour, il est parti en volant tout ce qu'il pouvait. L'alcool en avait fait une crapule. Famille, pas famille… rien à cirer. Ça, c'est un truc que je ne peux pas comprendre. Mon père l'a foutu à la porte. » Portrait peu reluisant qui rejoint tous les témoignages de l'époque.

À l'adolescence, les deux cousins ont davantage l'occasion de se côtoyer. La carrière naissante du rockeur l'amène plus souvent en Belgique. Georges, alors, n'est jamais loin. En attestent des photographies en noir et blanc prises dans des chambres d'hôtel, avec l'une ou l'autre petite amie du moment. « Ça, c'est au Palace, à Liège, en octobre 1961. C'était pas difficile d'amener des copines voir Johnny. J'en ai un peu profité aussi ! »

Georges, témoin de l'ascension fulgurante de son cousin, va même le suivre en tournée. L'occasion de vivre des scènes surréalistes. L'hystérie des fans, qui se jetaient sur eux à la sortie des concerts. « Elles attrapaient nos vêtements, en espérant en avoir un morceau. Quand vous n'avez pas l'habitude, c'est un petit peu stressant ! » Les virées en voiture entre la capitale belge et la province, quitte à finir parfois dans le décor. « C'est Lee qui conduisait comme un fou ! » Georges fait référence au mari de la cousine Desta, le beau danseur américain devenu le mentor et l'agent de Johnny quand la carrière de ce dernier explose.

Le vieil homme reste aussi marqué par ce jour à Charleroi où le chanteur lui demande après un tour de chant ce qu'il pense de sa dernière petite amie en date, photographie à l'appui. « Je lui réponds que c'est une jolie fille. Il insiste : "Comment tu trouves ma copine ? Vraiment, tu trouves qu'elle est bien ?" En vérité, sa copine, c'était Catherine Deneuve ! Catherine Deneuve à vingt ans... On a vu plus laide comme femme ! » En 1962, Johnny vient en effet de tourner avec l'actrice blonde dans le film franco-italien *Les Parisiennes*. Le cousin ne comprendra que plus tard l'importance de la confidence.

Mais c'est une autre histoire d'amour qui va mettre fin à cette folle vie de tournées à laquelle Georges commence à prendre goût. Une certaine Sylvie est entrée dans la vie du chanteur. Le courant ne passe pas très bien entre Eddy Vartan, qui gère la carrière de sa sœur, et le cousin de Johnny. Petit à petit, les liens s'étiolent jusqu'à se rompre complètement. « Moi, je suis parti de mon côté. C'est la vie. On n'a plus jamais eu de contacts ensuite. » De ces années passées avec Johnny, il ne conserve que quelques cartes postales dédicacées. « À mon cousin Georges, mon bon souvenir. Johnny. »

Le cousin oublié, sollicité par quelques journaux au moment de la mort de Jean-Philippe Smet, décédera quelques mois seulement après lui.

« Je parle des grands brûlés du cœur
Les carbonisés pour toujours
Les écartelés de l'intérieur
Dont les plaies ne se fermeront jamais. »

(*Deux sortes d'hommes*, 2020)

Au bistrot avec Léon

Attablé dans une brasserie bruxelloise typique proche de sa maison de retraite, Léon s'enorgueillit de l'enthousiasme de la tenancière qui lance à l'équipe de journalistes de RTL-TVI : « Ça, c'est le père de Johnny Hallyday, vous savez ? » Il se contente de glousser avant de plonger dans sa chope de bière. « Oh oh ! dites donc ! » Nous sommes en 1984, et le vagabond prend plaisir à se raconter pour les besoins du journal télévisé. « On travaille, c'est du sérieux ! », lance-t-il un peu plus tôt aux passants croisés en chemin. Comme si la présence même de la caméra ravivait chez lui la passion de son métier d'acteur, quand il était jeune et prenait la pose pour le réalisateur Ernst Moerman.

Celui qui a pourtant tout d'un père indigne se plie au jeu des questions-réponses, façon interrogatoire.

« — Vous êtes le père de Johnny Hallyday. Quel effet ça fait d'être le père d'une vedette ?

— Ce que ça me fait ? L'indifférence !

— Qu'est-ce que vous connaissez, vous, de la famille de Johnny Hallyday ?

— Rien, personne.

— Vous savez qu'il a un fils ?

— Oui, je sais, mais je ne l'ai jamais vu.

— Vous êtes grand-père deux fois déjà. Il y a David…

— Oui, David. Et l'autre, mystère et boule de gomme ! [Léon fait ici référence à Laura Smet qui est née un an plus tôt, le 15 novembre 1983.]

— Est-ce que Johnny, vous l'avez revu depuis ?

— Il est venu donner un gala à Forest National dans les années 1970, et des journalistes m'avaient amené en me proposant d'essayer d'organiser une rencontre. Une fois sur place, je devais voir mon fils, alors j'ai attendu. À un moment donné, un régisseur est arrivé, il a dit : "Excusez-nous, mais nous n'avons pas le temps de nous occuper de vous." Nos rapports ont été très espacés.

— Quand l'avez-vous vu pour la dernière fois ?

— À cette époque, où il ne m'a pas reçu.

— Donc, vous ne vous êtes pas parlé depuis ?

— Oh non.

— De quoi vivez-vous aujourd'hui ?

— De l'assistance publique.

— Vous n'en voulez pas à Johnny de ne pas vous donner un peu d'argent ?

— Je ne lui en veux pas du tout. Je n'ai aucune espèce de ressentiment. Il mène sa vie, il a brillamment réussi, je lui souhaite tous les bonheurs. Mais à part ça je m'en fous. »

De toute évidence, Léon réinvente l'histoire. Il omet de préciser que son fils lui est, en fait, venu en aide à plusieurs reprises et ce, jusqu'à la fin de sa vie. Dès le début des années 1960, Johnny aurait versé à son père une pension régulière. C'est aussi Johnny qui finance la maison de retraite de Léon, si modeste soit-elle.

Le père occulte dans le même temps leurs premières retrouvailles, quand le chanteur n'avait que vingt ans. Dans la caserne allemande où il termine son service militaire, le sergent Smet est surpris un jour de voir débarquer « son père » – on le lui annonce en ces termes – qu'il n'a jamais rencontré. Il est sommé par ses supérieurs d'aller l'accueillir. Et le drôle de paternel de faire irruption avec une intention douteuse. Le chanteur relate cette rencontre traumatisante dans sa première autobiographie *Destroy*.

« Je vois un grand type pas rasé, vêtu d'un long manteau. Il a l'air fatigué. On se regarde. Il porte un paquet sous le bras. En s'avançant vers moi, il enlève le papier et sort un ours en peluche. Il me serre dans ses bras en disant : "Mon fils !" Soudain, cinq ou six photographes, qui s'étaient cachés, sortent de derrière une voiture et nous mitraillent. Après vingt et un ans d'absence, Léon Smet, mon père, avait vendu cinq mille francs à *Ici Paris* [Johnny Hallyday confond ici avec *France Dimanche*] les retrouvailles avec son fils devenu star. Sans un mot, j'ai tourné les talons. Toute ma vie, j'ai rêvé de retrouver mon père. Maintenant, il me faisait honte ! »

Pas étonnant que le père ait effacé cet épisode peu reluisant de sa mémoire.

L'un des paparazzis impliqués dans le coup monté, Maurice Durand, confirmera bien plus tard, dans l'émission *Un jour, un destin*, l'arrangement financier avec le père : « Il vivait dans la rue, il faisait la manche. On l'a aidé au maximum, on lui a donné de l'argent de poche et on l'a habillé complètement : costume, chaussures, on l'a emmené chez le coiffeur. On lui a fait prendre une douche. Tout pour en faire un homme impeccable. »

Johnny ressort brisé de ce premier contact avec son père, dont il espérait recevoir ne serait-ce qu'un peu d'affection. Malgré la mise en scène des photographes, il découvre au même moment la misère dans laquelle vit Léon. En était-il conscient jusque-là ? Rien n'est moins sûr. Le sujet est tabou dans la famille Smet. Mais c'est à partir de cette rencontre, si déstabilisante soit-elle, que le chanteur décide de venir en aide à son vagabond de père, en lui accordant une pension régulière.

Vingt ans plus tard, dans ce café bruxellois où il se plaît à dire sa vérité devant nos caméras, Léon n'exprime aucun remords. Ses propos ne débordent certes pas d'amour pour ce fils dont il ne s'est jamais occupé, mais ils deviennent encore plus blessants sortis de leur contexte. Ou tronqués. Or c'est à cela que Johnny a été confronté. Dans les dernières années de sa vie, il a vu passer un documentaire qui comportait cet extrait « choc », monté ainsi :

« — Vous êtes le père de Johnny Hallyday. Quel effet ça fait d'être le père d'une vedette ?

— Ce que ça me fait ? L'indifférence ! [...] Il a brillamment réussi, je lui souhaite tous les bonheurs. Mais à part ça je m'en fous. »

Pour Johnny, qui visionne cette séquence chez lui plus de vingt ans après avoir enterré son père, c'est une nouvelle déchirure, une violence qu'il reçoit en pleine figure. Dans *Paris Match*, il confie même à quel point cela le blesse encore d'entendre Léon tenir ces propos : « Il répond sèchement un truc du genre : "J'en ai rien à foutre." Ça me fait encore du mal, mais on ne peut pas échapper à ses racines. »

Mais moi qui ai vu les rushes – les images tournées dans leur intégralité – je sais que l'extrait choisi est particulièrement dur et que le vieil homme a eu d'autres mots plus nuancés qui auraient pu mettre un peu de baume au cœur meurtri de son fils. Certes, Léon se dit « indifférent ». La question portait toutefois sur la réussite de Johnny Hallyday, pas sur son fils lui-même. Est-il donc indifférent à son enfant, ou au fait d'être, comme le précise la question, « le père d'une vedette » ?

Dans l'entretien, Léon affirme aussi qu'il ne nourrit « aucune espèce de ressentiment » à l'égard de Johnny. Mieux : il rêverait de connaître ses petits-enfants. « Ce serait magnifique ! Mais c'est trop beau… » Le père Smet laisse enfin entendre qu'il espère renouer avec Jean-Philippe :

« — Si vous aviez un vœu à formuler, est-ce que ce serait de revoir votre fils ?

— Ah bien sûr ! », répond-il avec enthousiasme.

Libre à Johnny de le croire ou non, mais il me semble vraiment injuste que lui, premier concerné, n'ait pas eu connaissance de l'entièreté du témoignage de son père. Pour avoir un deuxième avis, je montre la vidéo à des fans avertis. Ils partagent mon sentiment. Il faut que Johnny puisse la voir en entier ! D'autant que ce vieux monsieur avec ses anecdotes, ses aventures de pingouin adopté, de traversées maritimes et de gloire passée a quelque chose de touchant. Johnny n'a peut-être jamais eu l'occasion de l'entendre autant se raconter.

Avec assez peu d'espoir, j'adresse un message à l'artiste sur Twitter. La folie des réseaux sociaux n'est pas encore celle d'aujourd'hui. J'explique simplement que j'ai visionné cette vidéo complète de Léon, qu'elle est parfois dure mais que c'est son histoire. Elle lui appartient. Johnny me répond instantanément : « Le manque de mon père reste une blessure à vif, mais j'aimerais voir ces images. »

Je commence par régler tout le volet administratif pour les lui fournir à titre privé dans la mesure où elles appartiennent à la chaîne RTL-TVI. Une fois les accords obtenus, je me dis que je vais attendre le bon moment. Qui hélas ne viendra jamais, malgré plusieurs tentatives…

« Drôle de métier,
Drôle de métier
Y a des soirs où faut avoir le moral
et le cœur bien accrochés. »

(*Drôle de métier*, 1984)

Ces images qu'il ne verra pas

C'est l'effervescence la plus totale dans les locaux de RTL-TVI, la chaîne pour laquelle je travaille. Johnny Hallyday est attendu pour participer à plusieurs émissions de radio et de télévision. Il est très rare qu'il se déplace en personne dans les rédactions belges pour de la promotion. Le plus souvent, nous le rejoignons dans ses hôtels parisiens et autres loges de concert. Nous sommes en 2014. S'il fait cet effort, c'est pour présenter son nouveau film, *Salaud, on t'aime*, réalisé par Claude Lelouch, également du voyage. L'assistante de rédaction, Marie, me cède bien gentiment sa mission du jour. Me voilà chargée d'escorter la petite troupe toute la journée aux quatre coins du bâtiment. Et quelle équipe ! Les employés de RTL n'ont jamais vu autant d'accompagnateurs autour d'un artiste en promotion. Deux ou trois gardes du corps, des attachés de presse à revendre, français et belges, et bien sûr son coiffeur-maquilleur, Mathieu. Une grande salle de réunion est transformée en loge de rock star pour l'occasion.

Quant à moi, j'espère profiter de cette journée-marathon pour remettre à Johnny en mains propres le fameux DVD des images de son père, soigneusement glissé dans mon sac à main.

La journée commence par une rencontre forte en émotion. Johnny a rendez-vous avec Mattéo, un adolescent qui vient de remporter un combat acharné contre le cancer. Leur échange, filmé, sera diffusé dans le cadre du Télévie, l'équivalent belge du Téléthon mais consacré exclusivement à la lutte contre le cancer et la leucémie. Je perçois tout de suite que le rockeur n'est pas dans sa meilleure forme. À son arrivée, il dissimule ses yeux de loup derrière des lunettes d'aviateur. Face au jeune homme, il semble attentionné mais mal à l'aise, intimidé peut-être par son courage immense, par la violence de ce qu'il a dû vivre si jeune. Il faut dire que Laeticia manque à l'appel. C'est elle la tisseuse de liens, le sourire immuable, la maman dans l'âme qui parvient à installer une confiance avec tous les enfants qui croisent son chemin. Elle aussi qui rassure Johnny. Mais, ce jour-là, elle n'a pas fait le déplacement jusqu'à Bruxelles. Des témoins ont vu le matin même Johnny débarquer de son train, un peu perdu.

L'ado de onze ans est lui aussi dans sa coquille, submergé par le charisme de l'idole, ce qui ne facilite pas la communication ! Qu'importe, pour en avoir reparlé plus tard avec son père et sa mère, cet entretien avec le chanteur, quoique ponctué de longs silences, restera gravé à jamais dans la mémoire de Mattéo. Le rockeur sort de sa réserve pour dire au garçon à quel point il est fier de lui. Lelouch insiste. « C'est important, ce que Johnny te dit. Qu'il est fier de toi. Tu verras, ça changera beaucoup de choses pour toi. » Mattéo, lui aussi peu loquace, parvient à glisser à Johnny qu'une fois remis de ses lourds traitements il s'est empressé d'aller l'applaudir à Forest National avec ses parents.

Après cet entretien, Hallyday l'acteur se lance dans un véritable marathon de promotion. Il enchaîne les émissions de radio. Entre deux entretiens, il se retire longuement dans sa loge improvisée. Et, sans surprise, le programme prend du retard. Ça fait partie du personnage.

Même si c'est moi qui guide le petit groupe d'un rendez-vous à l'autre, je m'aperçois bien vite qu'il sera compliqué de pouvoir transmettre à Johnny les précieuses images. Impossible de m'adresser au chanteur directement, puisque je ne suis pas chargée de l'interviewer ce jour-là. Il est interrogé en plateau par la présentatrice du journal télévisé.

Les mesures de sécurité sont telles que le moindre journaliste de la rédaction qui s'arrête dans le couloir pour tenter d'apercevoir la star se fait renvoyer dans les cordes illico presto par les gardes du corps du chanteur. Même à travers la vitre des studios de radio. Même furtivement. Et même si Johnny est alors de dos. Du jamais-vu dans notre station. Un collègue téméraire réussit toutefois à faire infiltrer un ami à lui, sosie de la star visiblement un peu alcoolisé. Il parvient à le placer sur le chemin du chanteur, juste avant que ce dernier entre dans le grand studio télé. Johnny reste poli, comme toujours. Mais l'initiative aura été moyennement appréciée.

Il est l'un des artistes à susciter, malgré lui, le plus de mimétisme chez ses fans. Comme Claude François en son temps. Et pourtant, Hallyday n'a jamais aimé les sosies. Je lui ai posé un jour la question, lors d'une rencontre avec la presse organisée dans les salons du très sélect Fouquet's à Paris. Après cinquante ans de carrière, Johnny ne comprend toujours pas. Qu'on puisse être fan, d'accord. Il l'a été aussi plus jeune. De James Dean, d'Elvis Presley. Mais admirer un artiste au point de vouloir lui ressembler… ça lui échappe. Ça le dérange, même. Toutefois, la gentillesse de l'homme est telle que chaque imitateur qui a croisé sa route a eu droit à un mot sympathique, une petite phrase d'encouragement. Jamais de dénigrement.

Je ne peux m'empêcher de me demander ce que Johnny aurait pensé de celui qui se présente comme son « sosie vocal », sa prétendue « voix », Jean-Baptiste Guégan, qui remplit les salles depuis le décès du chanteur. Bien maigre compensation pour ceux qui ont perdu leur phare. Mais c'est un autre débat.

Lorsqu'un artiste participe au journal télévisé, il est souvent présent au tout début, au moment de l'annonce des titres, puis revient vers la fin du journal. Dans l'intervalle, Johnny patiente, sans enthousiasme, dans le couloir, en discutant avec Claude Lelouch. Je me dis que c'est le moment ou jamais de tenter une percée. J'explique ma demande à l'attaché de presse belge, qui la relaie à son homologue française. Je l'entends de loin dire à l'artiste : « Il y a une journaliste qui a des images de ton père. » Et ma proposition me revient aussitôt à la figure avec un refus. Étonnant ? Pas vraiment. J'ai bien senti que la dynamique était rompue, mais c'était ma seule chance. Quand Johnny a manifesté son intérêt sur Twitter quelques mois plus tôt pour ces archives, il était plongé dans le travail de sa nouvelle autobiographie rédigée avec Amanda Sthers, *Dans mes yeux*. Il se trouvait alors en pleine phase d'exploration de son passé. Mais, ce jour de 2014, il est dans un tout autre état d'esprit. Le passé ne l'intéresse plus. Pas à ce moment-là, pas dans ces conditions. Si j'avais seulement pu lui rappeler notre échange initial, peut-être que tout aurait été différent.

D'autres occasions se présenteront, mais elles resteront vaines. Lors de ces interviews « junket » à la chaîne, à Paris, le DVD est encore resté dans mon sac. J'ai senti une fois de plus que ce n'était ni le lieu ni l'instant.

Ma dernière chance, je l'ai saisie en 2017, lors de vacances à Los Angeles. Combien de fois ai-je griffonné sur le papier à en-tête de l'hôtel ce petit mot destiné à l'idole, à glisser dans l'enveloppe ? Une enveloppe à bulles bleu électrique, immanquable. Je suis passée et repassée avec la voiture de location devant le domicile des Hallyday, cherchant désespérément en moi le courage de me garer et de déposer enfin dans la boîte aux lettres familiale les images de Léon Smet. Ce qui est perturbant dans ce quartier de Pacific Palisades, proche de Malibu, c'est que les maisons des plus grandes stars ne sont protégées par aucune clôture. Tom Hanks, Reese Witherspoon, Katie Holmes vivent à l'époque dans le même quartier que les Français les plus célèbres de L.A. Dany Boon est même le voisin direct des Hallyday. Surprenant, de voir ces propriétés estimées à plusieurs millions de dollars donner directement sur la rue quand on s'attend à les voir dissimulées derrière d'imposants portails. Au moment de franchir les derniers mètres qui me séparent de la boîte aux lettres, alors que les jardiniers s'activent dans la bonne humeur, j'ai l'impression qu'une sirène hurlante va se déclencher dès que je glisserai l'enveloppe dans la fente. Il n'en est rien. C'est même un silence retentissant qui s'ensuit. Pas de réponse. Jamais.

Je sais pertinemment qu'au printemps 2017 Johnny est présent dans sa demeure californienne, mais déjà très malade. Quelques-unes de ses sorties dans les restaurants de Beverly Hills ou de Malibu sont postées sur les réseaux sociaux de Laeticia, mais à quel point est-il affaibli ? En supposant que ce soit elle qui relève le courrier tous les matins, hésiterait-elle à transmettre les images de Léon à son mari ? Elle n'a jamais caché que, lorsque Johnny plonge dans ses phases les plus sombres, quand il renoue avec ce qu'il appelle lui-même ses « vieux démons », l'ombre du paternel n'est pas loin. Les nuits d'orage. L'alcool. Les idées noires. Lui montrer cette vidéo, c'est prendre le risque de le voir replonger. Mais c'est aussi, à l'inverse, une chance de lui apporter un peu de réconfort. Le pire, il l'a déjà vécu et entendu. Reste le meilleur à en tirer. Les mots d'apaisement. « Je n'ai pour mon fils aucune espèce de ressentiment. »

Bien après le départ de Johnny, j'aurai un jour l'audace de poser la question à Laeticia : cette vidéo, en a-t-elle eu un jour connaissance ? Elle m'affirme que non et qu'elle le regrette. La boîte aux lettres, quelle boîte aux lettres ? La discussion s'arrêtera là. Le mystère reste entier et ma déception, réelle.

De rares clichés de Léon Smet jeune artiste, à la fin des années 1920. Le père de Johnny était mime avant de monter son propre cabaret et une école de comédie.
(Droits réservés)

Léon a été élevé par sa grande sœur, Hélène, elle-même artiste dans sa jeunesse. C'est elle qui l'a initié aux arts, comme elle le fera plus tard avec Johnny. (Droits réservés)

Hélène, la tante du jeune Jean-Philippe, et qui l'a élevé. Du temps où elle était actrice pour le cinéma muet. (Droits réservés)

En 1937, Léon Smet tient le premier rôle dans le film surréaliste d'Ernst Moerman, *Monsieur Fantômas*. Jamais on ne le voit sans son masque. (© Cinematek)

Léon Smet avait tout pour réussir : le charme, le talent et les relations. Hélas, il s'est perdu dans l'alcool et dans une volonté farouche de vivre comme il l'entendait. (Droits réservés)

Le père de Johnny se fait suivre par des caméras de RTL-TVI, en 1984, dans son quartier de Forest. (© RTL-TVI)

Père absent, Léon Smet a transmis à Johnny son regard bleu perçant, sa soif de liberté et son talent d'acteur. (© RTL-TVI)

Johnny a enterré son père au cimetière de Schaerbeek, à Bruxelles, le 20 novembre 1989. Il a renouvelé à deux reprises la concession. Elle a ensuite été renouvelée par la famille après le décès du chanteur. (© Amélie Schildt)

Georges Demarteau, le cousin belge de Johnny, l'accompagne dans ses premières tournées entre Bruxelles et la Wallonie. (Droits réservés)

Juin 2017. Georges nous dévoile ses souvenirs dans sa modeste habitation en région namuroise. (© Amélie Schildt)

Le début du succès pour le jeune Hallyday. Photo prise dans un hôtel bruxellois alors qu'il reçoit des copines avec son cousin Georges. (© Alain Rolland/ImagesBuzz)

Très jeune, Johnny Hallyday tient à être toujours entouré lorsqu'il est en tournée. Ne jamais rester seul, surtout la nuit, au risque de réveiller ses angoisses et ses démons. (Droits réservés)

Le 11 septembre 1991, Johnny donne un grand concert à la Citadelle de Namur. Du même coup, il accompagne le lancement de la toute nouvelle radio Bel RTL, avec Georges Lang. (© RTL-TVI)

30 octobre 1998. À chacun de ses concerts en Belgique ou presque, le rockeur s'est confié aux journalistes de RTL Belgique, son partenaire privilégié. (© RTL-TVI)

En juin 2001, Johnny est décoré par la Belgique. Il devient officier de l'ordre de la Couronne et rend hommage à son père. (© RTL-TVI)

3 décembre 2011. Ma première interview de Johnny, à la tour Eiffel, pour RTL-TVI. Il signe alors son grand retour après avoir frôlé la mort à Los Angeles. (© RTL-TVI)

Dans les coulisses du Sportpaleis d'Anvers, le 10 juin 2012. (© Alexis Perdaen)

Le rockeur embrase la Citadelle de Namur lors d'un grand concert estival, le 23 juin 2013. (© Frédéric Andrieu/AgencePeps)

Ce 23 juin 2013, Johnny, venu sans Laeticia, repartira aussitôt à Paris à la fin du concert. (© Frédéric Andrieu/AgencePeps)

Le rockeur ne s'était plus produit à Namur depuis 1991. Le concert est d'autant plus attendu par le public. Une sorte de retour aux origines, puisque la tombe des premiers Smet de la branche de Jean-Philippe est située dans la région namuroise. (© Frédéric Andrieu/AgencePeps)

Johnny avait ses habitudes à Bruxelles. Depuis le début des années 1990, il posait toujours ses valises dans la suite Royale du Royal Windsor lorsqu'il était de passage dans la capitale belge. (© Amélie Schildt)

Hallyday disait se sentir « comme à la maison » quand il retrouvait sa suite, toujours la même. D'un style finalement bien plus classique que rock'n'roll ! (© Amélie Schildt)

Le restaurant Chez Léon, près de la Grand-Place, recevait régulièrement la star, qui logeait non loin. Une table porte toujours son nom. (© Amélie Schildt)

Johnny en Ferrari dans les rues de Bruxelles. Il fait sensation quand il va acheter ses frites place Jourdan. (© RTL-TVI)

Le couple Hallyday arrive en jet privé juste avant le grand concert donné au stade Roi Baudouin, le 18 juin 2003. (© RTL-TVI)

Dans les coulisses du Sportpaleis d'Anvers, en juin 2012, Johnny rencontre un fan qui a remporté un concours sur Bel RTL. Le chanteur est surtout captivé par la compagne de l'heureux élu ! (© RTL-TVI)

Nadine Kerwyn, fan belge de la première heure, me reçoit sous sa tente alors qu'elle campe avant un concert à Forest National, pendant le Flashback Tour, en 2006. (© Amélie Schildt)

28 mars 2014. Johnny, photographié à son arrivée à la gare du Midi. Le chanteur a pris le train avec son équipe pour assurer la promotion du film *Salaud, on t'aime*. (© Alain Rolland/ImageBuzz)

Avant-première du film *Salaud, on t'aime*, à Bruxelles. Johnny joue le jeu des interviews et des rencontres avec le public, par amitié pour Lelouch. Avec ce film, le réalisateur lui offre l'un des rôles les plus forts de sa fin de carrière. (© Frédéric Andrieu/AgencePeps)

Johnny, jamais sans son garde du corps dans ses déplacements à Bruxelles. (© Frédéric Andrieu/AgencePeps)

Johnny et Claude Lelouch dans les locaux de RTL Belgique pour une journée-marathon de promotion. (© RTL-TVI)

Dans les studios de RTL Belgique, le 28 mars 2014. (© RTL-TVI)

Juste avant son concert au Palais 12 de Bruxelles, le 27 mars 2016, le chanteur arrive avec son épouse place de la Bourse pour rendre hommage aux victimes des attentats. (© Alain Rolland/ImageBuzz)

Pour RTL Info, je couvre en direct l'hommage poignant à la Madeleine, le 9 décembre 2017. Émotion immense des fans et une ferveur hors norme pour dire adieu au chanteur. (© RTL-TVI)

Johnny Hallyday repose dans le cimetière de Lorient, à Saint-Barthélemy. Sa tombe déborde de toutes les petites attentions laissées par les fans. Laeticia s'assure que la sépulture est entretenue au quotidien par une fleuriste qui réalise les compositions les plus rock'n'roll. (© Amélie Schildt)

« Quelque part du fond d'un trou
Quelque part du fond d'un lit,
Je préparerai en douce
Ma dernière grande connerie. »

(*Sage pour vous*, 1982)

Scandale en Belgique

Bruxelles pleure. Sur cette Grand-Place que Johnny Hallyday prenait plaisir à arpenter à chacune de ses venues, des milliers de Belges en communion unissent leur détresse le temps d'un hommage. Un sapin monumental se dresse déjà, tout éclairé, devant l'hôtel de ville. Le décor féerique, qui s'accompagne en général d'un son et lumière tout au long du mois de décembre, est censé réchauffer les cœurs au beau milieu de l'hiver. Amorcer la gaieté propre à la période des fêtes. L'homme en rouge n'est attendu qu'à la fin du mois, mais saint Nicolas, l'autre bienfaiteur des petits Belges, est passé dans les foyers la nuit même où le rockeur s'est fait la malle. Entre le 5 et le 6 décembre. Fichu calendrier. Alors que les plus grands standards de l'idole résonnent dans le cœur historique de la capitale belge, les vannes sont ouvertes. Les blousons de cuir ne cherchent pas à dissimuler leur chagrin. « J'ai plus pleuré pour Jojo que pour mes propres parents. » Les fans dévoilent librement leur peine devant les journalistes présents ce soir-là pour couvrir l'hommage des Belges.

Certes, pas de quoi rivaliser avec le fantastique rassemblement de la Madeleine, à Paris, et ses foules phénoménales… Un million de personnes le long des Champs-Élysées ! Du jamais-vu depuis les funérailles de Victor Hugo, cent trente-deux ans plus tôt. Mais ce soir de décembre 2017, la Belgique francophone est, elle aussi, en deuil. Difficile d'imaginer que, quelques décennies plus tôt, ce même artiste salué unanimement au moment de son décès s'est retrouvé, dans ses années les plus rock, interdit de séjour au plat pays. *Persona non grata*.

Tout commence lors d'un concert donné au Forum de Liège, salle très réputée de Wallonie. Le 19 décembre 1972, le rockeur trempé de sueur enchaîne des airs de rhythm'n'blues plus sensuels les uns que les autres. « Oh ma jolie Sarah, tu m'as donné ton corps », « Rien n'vaut cett' fille-là », « Il faut boire à la source, boire à la source de la vie ». C'est aussi l'année de toutes les folies pour le chanteur qui s'est lancé dans une tournée démesurée sur les routes de France avec le « Johnny Circus ». Un concept unique à l'époque, inspiré d'une émission télévisée dans laquelle les Rolling Stones invitent l'univers du cirque dans leur tour de chant. Le chanteur, toujours avide de nouveauté, monte ainsi un convoi de soixante-dix véhicules, avec à bord une équipe de deux cents personnes. Sans oublier le gigantesque chapiteau emprunté au cirque Bouglione, pouvant recevoir quatre mille spectateurs.

Côté cœur, bien que toujours marié avec Sylvie Vartan, l'artiste vit une passion débridée avec l'une de ses choristes, la sulfureuse Américaine Nanette Workman. Aussi explosive que lui. Un défi permanent, entre substances illicites et soirées trop arrosées. À celui qui ira le plus loin dans la provocation et les excès.

C'est dans cet état d'esprit *no limit* que Hallyday l'inépuisable se produit à Liège, trois mois après avoir mis fin à son aventure houleuse – et qui plus est ruineuse – du Johnny Circus. À l'époque, la sécurité des concerts est assurée non pas par des sociétés spécialisées, mais par des policiers. Ils vont en prendre pour leur grade. L'ambiance est électrique, survoltée, certains fans tentent de monter sur scène. Les tensions virent à la bagarre, réprimée par les forces de l'ordre. Dans l'euphorie ambiante, le chanteur baisse alors son pantalon devant les policiers liégeois médusés. C'est en tout cas la version relayée par la presse de l'époque. Johnny a montré ses fesses à la police belge ! Scandale !

L'affaire ne va pas en rester là. L'exhibitionniste d'un soir est convoqué devant le tribunal pour outrage public aux bonnes mœurs. Seulement voilà, entre-temps l'artiste s'est envolé pour des concerts au Japon. Il a manqué plusieurs convocations. Il n'en faut pas plus pour que Johnny Hallyday se retrouve interdit de séjour en Belgique ! Informé par son avocat, il revient illico presto s'expliquer devant le juge en faisant amende honorable. Il trouve même une explication plausible à l'événement : « Je n'ai jamais baissé mon pantalon. Un bouton a sauté, le pantalon est tombé, et je ne porte jamais de slip sur scène ! » Le journaliste belge Eddy Przybylski se souvient du chaos qui régnait lors de ce concert. « Et en plus j'étais du mauvais côté de la salle », plaisante-t-il, visiblement déçu de ne pas avoir aperçu l'anatomie du chanteur.

Dans l'acte d'accusation, il est également reproché à M. Smet d'avoir frappé le policier à qui il aurait montré son derrière. Là encore, le rockeur repenti ne manque pas d'arguments. « Quand je me suis retrouvé nu sur scène, je me suis retourné en bousculant tout sur mon passage et j'ai peut-être donné un coup à quelqu'un. Mais c'est tout à fait involontaire. Je n'étais pas d'accord en voyant les policiers bousculer les gens de cette manière-là. Mais je sais aussi qu'ils faisaient ça pour me protéger. » Le policier en question reconnaît qu'il n'y a pas eu de brutalité. Johnny est blanchi et l'affaire, classée sans suite. Il pourra revenir chanter à sa guise sur les scènes de son royaume d'origine.

Deux ans plus tard, au cours d'une nouvelle tournée belge, alors que la star est suivie par le réalisateur Michel Lancelot pour son émission *À bout portant*, elle est invitée à évoquer l'incident. « Tu as été interdit de chanter ici en Belgique ? — J'avais eu certains problèmes, oui. Disons que c'était un accident. » Rien de plus qu'un accident…

« C'est la première fois que je l'ai fait, et j'ai eu tellement honte après… Je ne savais plus où me mettre. »

Il suffit de voir les archives de ces concerts débridés pour comprendre que l'homme n'était peut-être pas d'une sobriété parfaite au moment des faits… Après tout, c'est bien lui qui lance sur scène, à son public, une pointe de fierté mêlée d'amusement dans la voix : « Y a une chose que les Français n'ont jamais compris : quand je bois, je bois plus qu'eux. Et ils se sont toujours demandé comment je fais. C'est simple ! Je suis à moitié belge, je leur réponds ! »

« Sur tous les chemins de ta vie
Dans le désert ou sous la pluie
Quand tu voudras je serai là. »

(*Je serai là*, 1993)

Johnny et le public belge : à la vie à la mort

Son cœur va exploser. Quand il a entendu l'annonce à la radio la veille et qu'il a tenté sa chance en envoyant rapidement un SMS, le fan ne pensait pas un instant qu'il serait l'heureux élu. Et pourtant. Dans quelques minutes, quelques secondes peut-être, il va rencontrer son idole absolue. Le seul chanteur qu'il écoute dans la voiture du soir au matin, celui qui guide sa vie depuis tout gamin. Celui pour qui il n'hésite pas à sacrifier le budget des vacances, pour pouvoir assister au maximum de concerts.

Dans les coulisses du Sportpaleis d'Anvers, j'observe l'homme qui n'en mène pas large. Il est venu avec sa compagne. Je suis tout de suite frappée par sa ressemblance avec l'épouse du rockeur. Une jolie blonde longiligne aux traits gracieux. Comme à chaque fois qu'une équipe de télévision se presse dans les loges avant l'entrée du fauve, la température de la pièce a grimpé de quelques degrés.

Avec ma collègue camerawoman Dominique, nous sommes là pour immortaliser la rencontre et, surtout, pour interviewer Johnny dans la foulée de son show. Ajoutez un photographe, deux représentantes de la maison de disques et un attaché de presse belge. Tout ce petit monde entassé dans dix mètres carrés. Je me dis que mon interview promet de manquer d'intimité.

Sébastien Farran, le manager, passe la tête pour s'assurer que tout est fin prêt avant l'arrivée de l'artiste. Voilà qu'entre un Johnny fringant. Il impose le silence par sa simple présence. Difficile d'imaginer qu'il vient de verser des litres de sueur sur scène pendant deux heures trente de show. Il est impeccable, fraîchement brushé, comme toujours. Le fan belge vire à l'écarlate. Mais c'est surtout sa femme qui capte immédiatement l'attention du rockeur. Séducteur impénitent à presque soixante-dix ans, il lui lance : « Vous avez une jolie compagne, vous ne vous emmerdez pas. Vous avez de la chance ! » Et de complimenter la jolie blonde, qui éclipse totalement son compagnon. Loin d'en prendre ombrage, le fan semble flatté ! Hallyday a toujours eu beaucoup de respect pour son public, et notamment pour les Belges. Peut-être pour leur fidélité sans faille.

Les spectateurs du plat pays ont fait partie des premiers à applaudir le chanteur dans ses débuts en solo. Johnny signe chez Vogue au printemps 1960. Son premier 45-tours, *Laisse les filles*, sort le 14 mars. Le 2 avril de l'année suivante, le jeune rockeur enflamme la scène du casino de Blankenberge situé sur la côte belge. À l'été, il revient se produire à Knokke-le-Zoute, toujours en bord de mer. En région flamande, mais avec un public largement francophone à l'époque. La tournée repasse par la Belgique à l'automne et fait le tour de la Wallonie : Mons, Namur, Liège, Verviers, la Louvière. Sans oublier la capitale, Bruxelles. Son ancrage, alors qu'il forge son identité scénique à dix-huit ans à peine, est ainsi profondément belge. La *fanbase* se construit dès ces années-là, avec un vent d'hystérie propre aux sixties.

Au premier rang se trouve déjà Nadine. À quatorze ans, l'adolescente est encore chaperonnée par sa maman. Condition sine qua non pour pouvoir assister au tour de chant de celui qui est déjà catalogué comme un « blouson noir ». Le jeune Hallyday jouit d'une réputation sulfureuse. L'énergie qu'il déploie sur scène est telle que, souvent, les esprits s'échauffent et les fauteuils volent. En contemplant son apollon qui se déhanche, la jeune fille se prend à rêver. Son domicile se trouve à quelques mètres seulement de la salle de concert. Avec un peu de chance, le chanteur pourrait peut-être s'arrêter chez ses parents ? En tout bien tout honneur. « Je l'envisageais surtout comme un grand frère, comme un ami. »

Johnny, Nadine l'a découvert en écoutant *Salut les Copains* sur son petit transistor rouge. Un vrai coup de foudre. Pour ne pas manquer l'émission, elle se cache même dans les toilettes de l'école, et colle son oreille au poste de radio. Un peu plus tard, elle entendra avec amusement cette chanson de Chuck Berry qui semble écrite en son honneur : « *Nadine, honey is that you ?* » Elle n'imaginait pas avoir un prénom aussi rock'n'roll, et pourtant. Hallyday en fait sa propre version, pour le plus grand bonheur de la fan.

« *Nadine, où es-tu ?*
Oh j'aimerais tellement te revoir,
Mais comment te le faire savoir ? »

Un concert, puis deux, puis trois... Jusqu'à ne plus pouvoir les compter. Parfois, Nadine emmène des copines avec elle. Elle essaie de les convertir. Qu'elles comprennent à quel point Johnny est sensass ! Ce jour d'avril 1966, elles sont arrivées tellement tôt que l'Ancienne Belgique est encore déserte. La petite salle bruxelloise comporte à l'époque quelques tables, en bord de scène. C'est là que l'adolescente est installée avec son amie du jour, pas fan mais curieuse de vivre sa première expérience Hallyday. Et quelle expérience ! Voici qu'un beau jeune homme leur demande s'il peut prendre place à leur table, avec ses amis. Toujours très polie, Nadine acquiesce tout en réalisant que c'est Johnny, *son* Johnny, qui est en train de s'asseoir à ses côtés. Pétrifiée de timidité, elle n'ose pas lui adresser un seul mot. Elle se sent presque gênée d'occuper l'espace du chanteur quand celui-ci prend ses aises et étend les jambes sur un coin de table.

Nadine est de ces admiratrices discrètes, presque effacées, mais tellement pro-actives quand il s'agit de fédérer autour de leur idole. Tant et si bien qu'elle finit par monter le fan-club officiel belge dans les années 1980. Au fil des ans, sa passion ne fait que grandir, jusqu'à prendre presque toute la place. Bien sûr, la jeune femme trace son propre parcours. Elle fonde une famille. Mais le rockeur n'est jamais loin. Quand elle met au monde ses jumeaux, elle choisit de les nommer Johnny et Sylvie. Son mari ? Elle reconnaît volontiers l'avoir souvent fait passer après l'autre premier homme de sa vie.

Pour suivre Hallyday en tournée, la mère de famille va jusqu'à prendre des risques. Financiers, d'abord, parce que l'argent ne coule pas à flots pour cette étalagiste de métier qui se lève au petit matin pour décorer les rayons et les vitrines de magasins. Le soir, elle saute dans sa voiture direction Paris pour assister aux concerts de Johnny. En période de tournée, elle tient à être là tous les soirs… Deux heures trente de route à l'aller, autant pour rentrer au petit matin, avant d'aller travailler. Et recommencer. Cinq, six jours d'affilée. « J'ai fait le compte et sur les 101 concerts que Johnny a donnés à Bercy, j'en ai vu soixante-dix-huit ! À cette époque, j'ai détruit trois voitures. Je finissais par m'endormir au volant en rentrant en Belgique. » De l'inconscience ? Ou juste de l'amour ?

Bien plus tard, à Bruxelles, j'aurai la chance de côtoyer Nadine au fil des reportages. Je la revois encore boitiller, une canne dans une main, un petit tabouret dans l'autre, prête à affronter les heures d'attente qui la séparent du show. Applaudir Johnny depuis une place assise numérotée ?

Hors de question pour la sexagénaire. Sa place attitrée, c'est debout, juste derrière la barrière, au premier rang. Le seul endroit qui vous permette vraiment de plonger vos yeux dans ceux de la star. De cerner son humeur du jour. De s'assurer qu'il va bien. De lui montrer que les fidèles de la première heure sont toujours là pour lui. Ces fans sont convaincus que leur présence rassure aussi l'artiste. Pour vivre ces moments qui sont l'essence même de sa vie, Nadine est allée jusqu'à reporter une opération chirurgicale, pourtant vivement recommandée par son médecin. « Johnny d'abord, et on verra après. » Et elle est loin de le regretter... Lors d'une des dernières représentations bruxelloises, à la fin du concert, elle chemine à son rythme vers la sortie. Un garde du corps la rattrape et l'interpelle. « Il faut que vous me suiviez, Laeticia veut vous voir. » Elle qui, cinquante ans après sa première rencontre impromptue avec le rockeur, a toujours peur de gêner, de ne pas être à sa place, va avoir droit à une belle surprise. Elle fait partie des rares fans sélectionnés par l'épouse du chanteur qui auront le privilège de voir Johnny dans sa loge. C'est un petit rituel que Laeticia a instauré soir après soir, dans l'ombre, pour tisser des liens entre les fans les plus fidèles – qui finissent par être aisément identifiés – et son mari. Un échange, une photo. Une parenthèse enchantée pour les admirateurs qui n'ont pas le temps de réaliser ce qui leur arrive, avec à la clé des souvenirs impérissables. « J'étais tellement émue que je lui ai marché sur le pied. Il m'a demandé depuis quand j'étais fan. J'ai répondu : "Depuis toujours !" » La photographie est floue. Qu'importe, Nadine la conserve comme son bien le plus précieux. Un tel réconfort, maintenant que Johnny lui manque tant.

La dernière fois que la fan a roulé jusqu'à Paris, c'est le cœur en mille morceaux. Le 8 décembre 2017, avec son clan très soudé d'amis belges, elle se dirige vers l'église de la Madeleine. Comme avant, comme lors des concerts, elle veut être au premier rang sur la place où se tiendra l'hommage, le lendemain. Le froid ne lui fait pas peur. La douleur ne peut être plus vive que celle qui a envahi tout son être depuis le départ de Johnny. À soixante-dix ans, Nadine veut passer la nuit là, sur le trottoir, recroquevillée sur son tabouret. Subir chaque seconde qui la sépare de ce moment tant redouté où elle verra le convoi funèbre avancer vers la Madeleine. « J'aurais préféré partir avant lui. »

Le jour J, à l'heure H, je reviens avec mon cameraman sur le parvis de l'église. Je me retourne et découvre une petite scène dressée juste là. Les musiciens de Johnny entament ses airs les plus connus, la mine défaite. Seule manque la voix du Taulier dans ce tableau irréel. Je suis à mon tour emplie d'une immense tristesse. Mais pas question de flancher. Je suis chargée de faire vivre ce moment historique durant une édition spéciale du journal télévisé RTL Info pendant plusieurs heures. Depuis mon petit podium réservé à la presse, j'aperçois les fans belges. Nadine a tenu bon malgré une nuit glaciale. Quelle n'est pas ma stupéfaction quand je vois le service de sécurité venir vers elle, pour la guider à l'intérieur de l'église. La fan de toujours va pouvoir dire adieu à Johnny au même titre que la famille et les proches de la star. En lui permettant, à elle et à quelques rares fans triés sur le volet, de prendre part à la célébration, Laeticia Hallyday garde ainsi intact le respect immense que son époux avait pour son public, et notamment son public belge.

« Tout passe
Et puis tout reste
Mais notre destin c'est passer. »

(*Testament d'un poète*, 1989)

De Saint-Barth à Schaerbeek

Les yeux plongés dans le bleu azur qui inonde le hublot, je me cramponne à mon siège. Habituée des long-courriers, jamais encore je n'avais voyagé dans un avion aussi minuscule. Cinq ou six passagers à bord seulement. Vu la taille très courte de la piste de l'aéroport de Saint-Barthélemy – six cent cinquante mètres –, ces appareils très compacts sont les seuls à pouvoir atterrir sur l'île paradisiaque. Voilà quatre mois que Johnny Hallyday nous a quittés. Quand la France apprend que le chanteur ne reposera pas sur le continent, mais à près de sept mille kilomètres de Paris, c'est la surprise générale. S'ensuivent d'interminables débats, nourris par la bataille judiciaire qui oppose la veuve, Laeticia, aux deux premiers enfants du rockeur déshérités, David et Laura. « Était-ce vraiment son choix ? », « Comment les fans vont-ils pouvoir faire leur deuil ? ». « Il m'avait pourtant dit qu'il voulait reposer en Corse avec Jacques Dutronc », me confie le parolier Michel Mallory. Chacun y va de son commentaire, de son interprétation. Pour ma part, j'ai eu envie de me faire ma propre idée en me rendant sur place en reportage, en solo.

À mon arrivée sur l'île, j'ai rendez-vous plage de Corossol avec la propriétaire de l'appartement que j'ai loué ; les hôtels, à plusieurs milliers d'euros la nuit, sont tout bonnement inabordables. Quelques pas à peine sur le sable, et j'aperçois une silhouette familière, plantée au beau milieu du lagon. Celle d'un homme tatoué, cheveux blonds brushés et bouc. Quelle probabilité de tomber immédiatement sur un sosie de Johnny ? Je ne sais pas si je suis particulièrement sensible aux signes du destin, mais je me dis ce jour-là qu'il ne manque pas d'humour ! Au cours de mon bref séjour, je me rends très vite compte qu'à Saint-Barth Hallyday est partout. Dans cette crêperie où il venait parfois manger en famille et qui exhibe fièrement une photo de Laeticia posant avec le patron. Dans ces bars qu'il fréquentait, ces magasins où son épouse garde aujourd'hui encore ses habitudes. Tous ne parlent que de Johnny. Sans oublier l'incontournable Jojo Burger, qui jouxte ironiquement le cimetière de Lorient. Ce petit resto sans prétention, l'un des plus abordables de l'île aux millionnaires, est devenu le QG des fans. Ils y viennent pour trinquer à la mémoire de leur idole et déguster au passage son sandwich préféré – un cheeseburger cuit à point, relevé de sauce piquante. Le tout, pour les plus chanceux, à la table même où il s'installait. Pèlerinage gustatif pour une vingtaine d'euros à peine.

Là, devant ce cimetière pittoresque de bord de mer dont le calme n'est perturbé que par le passage de quelques voitures, ils comprennent le choix du rockeur. C'est notamment le cas de Patrick, le sosie alsacien croisé un peu plus tôt sur la plage. Il a enfilé un T-shirt, histoire de se recueillir après la baignade. « Quand on aime Johnny, rien n'est trop loin pour qu'on lui rende un dernier hommage. Qu'est-ce qu'il aurait voulu au fond ? Qu'on boive un coup à sa santé ! »

Quelques tombes blanches soignées, séparées de la plage par une petite route. Il suffit de quelques secondes à peine pour repérer celle de Johnny Hallyday : elle déborde de fleurs, de bougies et de galets sur lesquels les fans ont inscrit au feutre quelques mots d'adieu. « Johnny, à la vie à la mort », « Repose en paix ». La sépulture est surmontée d'une composition florale monumentale en forme de Harley-Davidson ainsi que d'un énorme « Love » rose et blanc. Impossible de se recueillir seul très longtemps : le ballet des admirateurs est constant, même au bout du monde. Pour pouvoir faire leur deuil, certains ont sacrifié toutes leurs économies. Je rencontre cette petite dame, équipée d'un sac à dos. Elle m'explique ne pas avoir eu le budget nécessaire pour séjourner à Saint-Barth. Alors elle loge sur Saint-Martin, l'île voisine, et prend le ferry chaque matin pour passer la journée « avec lui », au cimetière. Une heure et demie de bateau chaque jour pour prier sur la tombe de celui qui guidait sa vie. Pas question pour elle d'en profiter pour visiter l'île ou faire le moindre tourisme. Elle est là pour Johnny et rien ni personne d'autre.

Était-ce bien la décision de Hallyday d'être enterré sur cette île de vingt et un kilomètres carrés ? Pour le président de la Collectivité avec qui j'ai l'occasion de m'entretenir, cela ne fait aucun doute. Bruno Magras se présente comme un ami de longue date. Il a rencontré l'idole pour la première fois il y a quarante ans, en 1977, quand Johnny découvre Saint-Barthélemy. Une simple escale, alors qu'il navigue dans les Caraïbes avec Joe Dassin à bord d'un voilier baptisé *Vendredi 13*. Comme la plupart des navigateurs qui mettent pied à terre à Gustavia, les deux stars prennent un verre au bar du Select, devenu depuis une institution sur l'île. Johnny a aussi ses habitudes en Thaïlande ou sur l'île Maurice, mais il va se prendre de passion pour Saint-Barth. Avec Laeticia, ils décident, en 2007, de s'y sédentariser en faisant construire une villa surplombant la baie de Marigot. Elle sera nommée la « Villa Jade » en l'honneur de la première fillette adoptée par le couple trois ans auparavant. Quand elle n'est pas occupée par la famille Hallyday, la luxueuse demeure est proposée à la location entre 45 000 et 145 000 euros la semaine, selon la saison[1]. De quoi profiter des huit chambres, piscine, jacuzzi et cinéma privatif si cher au cœur de l'idole, où il pouvait s'adonner pleinement à sa

1. Tarifs actuels.

passion pour les films d'horreur. Autant dire qu'à ce tarif ce ne sont pas les fans qui sont les heureux locataires de la villa pour les vacances, mais plutôt les stars américaines, dont l'actrice Eva Longoria qui a partagé des photos de son séjour sur les réseaux sociaux.

Bruno Magras me l'affirme : Johnny adorait ces parenthèses caribéennes. Il lui avait même parlé ouvertement de sa volonté de reposer éternellement sur son île, sans influence aucune. « Je crois qu'il était tout à fait conscient. Il m'avait dit : "Je ne veux pas qu'on vienne m'emmerder au Père-Lachaise." » Les années passant, le souvenir de l'artiste ne s'est pas estompé. Sa tombe reste la plus garnie du cimetière de Lorient, elle est visitée régulièrement par les résidents comme par les fans de passage. Marqué à vif par le triste destin de son père, Johnny avait peur de finir ses jours seul, dans l'indifférence générale. Comme il avait tort !

À six mille huit cents kilomètres de là, le cimetière de Schaerbeek, à Bruxelles, n'a, lui, rien d'enchanteur. Remplacez le bleu par du gris. Des centaines de tombes juxtaposées, dépouillées, pour beaucoup sans charme. Ce n'est pas le Père-Lachaise, mais certains grands noms belges y reposent tout de même, à commencer par le peintre surréaliste René Magritte.

Sur la sépulture de Léon Smet, rien de plus qu'une triste composition de fleurs artificielles. Quelques fans font un passage, de temps en temps. Ils saluent la mémoire du père pour honorer celle du fils. Ce sont ceux qui ne peuvent pas s'offrir le voyage au bout du monde. C'est lors d'un de ces pèlerinages qu'un jour de février 2021 des admirateurs remarquent une affiche placardée par les autorités communales. La concession de la tombe de M. Smet est sur le point d'expirer. Passé un certain délai, elle risque d'être réattribuée, comme le veut la procédure. Très inquiets, les fans décident de prévenir la rédaction de RTL Info pour laquelle je travaille : « C'est choquant ! font-ils valoir. C'est la seule personne de la famille Smet qui est enterrée chez nous. Johnny repose là-bas, à Saint-Barth, au loin. Léon est le seul de la famille qui est sur notre territoire. Il était quand même belge, Johnny ! » Ils craignent que les racines belges du chanteur ne disparaissent.

Quand je découvre l'information, je suis en route pour un tournage avec la reine des Belges. Absolument rien à voir. Mais je décide de tenter le tout pour le tout et contacte David Hallyday via les réseaux sociaux. Je pense que c'est une bouteille à la mer qui a peu de chances de trouver son chemin. Et pourtant ! Le petit-fils de Léon me répond sur-le-champ. Mieux, il prend les devants et appelle directement les responsables administratifs pour procéder aux formalités de renouvellement de la concession. David est heureux d'avoir été prévenu. « Le caveau sera toujours là ! Paix à son âme », m'écrit-il sobrement. Il tient ainsi à honorer la mémoire de ce grand-père paternel qu'il n'a jamais connu.

Comment se fait-il que rien n'ait été anticipé ? Il semble que ce n'est plus Johnny Hallyday en personne qui ait payé la dernière concession, en 2005, mais une association d'artistes dont il devait faire partie. Lorsque les autorités communales ont envoyé le « rappel » à l'approche de la date d'expiration, le message n'a jamais abouti. Laeticia n'était pas non plus au courant, elle me l'assure depuis Saint-Barthélemy où elle se trouve alors : « Je n'ai jamais entendu parler de cette association par le passé. »

Elle apprend la nouvelle le même jour que David, mais juste après qu'il a contacté le service communal en charge du cimetière. La veuve du rockeur m'écrit sur Instagram et entend reprendre les choses en main, via son conseiller juridique. « Mon avocat s'occupe de tout et de l'aspect financier pour que cette concession ne soit pas laissée à l'abandon. Pour que la dignité de cet homme soit préservée. Aujourd'hui c'est mon devoir de m'en occuper seule, comme mon mari l'aurait fait lui aussi. » Elle tente même de contacter le bourgmestre de la commune, injoignable à cette heure tardive.

Lorsque je rappelle le responsable du cimetière le lendemain, il me confirme que les choses sont en ordre et que la famille a prolongé la concession, sans plus de précisions.

« Il est entré sur la scène de ma vie
Dans le soleil d'un projecteur
Je n'étais qu'un enfant mais alors j'ai compris
L'envie qui dormait dans mon cœur. »

(*Rock'n'roll man*, 1974)

Moments volés en coulisses

Le 24 mai 2003, des trombes d'eau s'abattent sur l'île de la Réunion. De ces pluies tropicales qui font déborder les ravines, inondent les routes et viennent troubler les lagons d'ordinaire si limpides. Agrippée à mon parapluie, je me demande si le concert va bien pouvoir avoir lieu. J'ai dix-huit ans et c'est la première fois que je vais découvrir le phénomène Johnny Hallyday sur scène, sur cette île de l'océan Indien où j'ai grandi. Enfin, si le déluge le permet. Pour l'heure, les techniciens s'acharnent à passer le racleau sur la scène qui prend des allures de piscine. Le tableau évoque dangereusement le désastre du Stade de France, en 1998. Le vendredi 4 septembre de cette année-là, alors qu'il était censé donner le premier concert pharaonique de sa tournée « Allumer le feu », Johnny avait été contraint de tout annuler en dernière minute. Les pluies diluviennes menaçaient les installations électriques. Un risque trop grand pour les assureurs. Les spectateurs survoltés avaient déjà pris place dans l'arène quand le producteur, Jean-Claude Camus, vint leur annoncer, la mine contrite, qu'il allait leur falloir rentrer chez eux sans avoir même aperçu leur idole : « C'est la mort dans l'âme que nous allons devoir annuler la représentation de ce soir. »

Dans la nuit réunionnaise, j'entends des fans reprendre cette formule devenue culte… « C'est la mort dans l'âme ! », lancent-ils en riant jaune, comme par provocation. Mais les moyens techniques et les décors déployés sur la petite île sont moindres que ceux des tournées dans la métropole. Le risque financier est moins important, et Johnny monte sur scène. Trempé mais éblouissant.

Je repense avec nostalgie à ce tout premier concert alors que je potasse les questions de mon interview de l'artiste dans les loges du Sportpaleis d'Anvers, près d'une décennie plus tard. Jamais je n'aurais imaginé passer un jour de l'autre côté de la barrière, ni pénétrer l'espace d'un instant dans l'intimité de la star. Le coiffeur-maquilleur vient voir si tout se met bien en place. Ce soir-là, l'entretien sera organisé après le show, afin de perturber le chanteur le moins possible. Je l'entends au loin entonner avec rage le premier titre du concert. « Allumer le feu, allumer le feu… » Mathieu, l'homme qui veille au look de Johnny, me voit tendre l'oreille. Plutôt que de passer deux heures à attendre en coulisses, il me propose de le suivre dans les dédales du palais des sports et m'emmène en haut des gradins pour me permettre d'assister au show. Le coiffeur connaît aussi la setlist – l'ordre des chansons – par cœur. Voilà que le rockeur entame un duo enflammé avec sa choriste Amy Keys. Ils reprennent le standard de l'Italien Joe Sentieri, *I Who Have Nothing*, popularisé dans sa version anglaise par Ben E. King, Shirley Bassey et Tom Jones. C'est le signal. Il nous faut déjà regagner les loges. Dans deux chansons à peine, Hallyday sortira de scène pour l'interlude. Ce petit break, à la moitié du spectacle, permet à l'artiste de souffler pendant une chanson. Une seule. Ses musiciens et choristes prennent le relais avec des airs souvent très rhythm'n'blues, histoire de garder la salle à bonne température.

Mathieu me place à un endroit stratégique. Il me dissimule dans un petit recoin pour être sûr que je puisse voir sans être vue. Dans la pénombre de l'arrière-scène. Depuis cet emplacement privilégié, j'assiste au rituel immuable qui ponctue chaque concert. Laeticia vient se positionner en bas de l'escalier d'où descendra son mari. Mathieu se tient prêt, muni de sa brosse et de son peigne, devant sa petite coiffeuse où il peaufinera le brushing de l'idole. Johnny profite à chaque fois de cette pause express pour se changer et remonter affronter le deuxième round. En pleine forme.

La silhouette élancée de l'artiste se dessine enfin, quittant la lumière aveuglante des projecteurs pour la pénombre des coulisses. Plus personne ne bouge. Dans cette atmosphère de recueillement, son épouse l'accueille avec quelques mots de réconfort – « Bravo, Mamour » – tandis que l'habilleuse de Johnny lui tend une bouteille d'eau. Quelques minutes à peine pour se défaire de toute cette sueur, se recomposer un masque de superstar. Là, tapie dans l'ombre, j'ai conscience de vivre un moment d'exception. J'assiste, aux premières loges, à l'un de ces rares instants où le fauve baisse sa garde. Vidé d'avoir déjà tant donné après une heure de show. À bout de souffle. Presque fragile. Je peux voir l'homme, quand les milliers de spectateurs, de l'autre côté du rideau, n'ont droit qu'au dieu du rock.

Des images comme celles-là restent gravées à tout jamais. Comme ce jour où, en marge d'un autre entretien, j'ai pu être le témoin des toutes dernières secondes qui séparent l'artiste de sa montée sur scène. J'avais déjà regardé des reportages sur le sujet, expliquant comment Hallyday repousse chaque soir le moment fatidique. Tous les prétextes lui sont bons pour retarder l'instant où il va devoir affronter son trac, le prendre par la gorge pour réussir finalement à le faire taire. Sur ce court trajet qui le rapproche de l'heure H, le chanteur peut entamer les conversations les plus anodines avec quiconque se trouve sur son passage. Technicien, balayeur, musicien… Dans l'embrasure de la porte du local où s'est tenue l'interview, alors que mes collègues remballent leur matériel, je vois soudain la star surgir de sa loge, dans son costume pailleté. Flamboyante. Magistrale. D'une blondeur irréelle. Johnny Hallyday dans toute sa splendeur et sa gloire. Ses musiciens dans son sillage, comme un cortège des grands jours de fête qui se met en marche. Une fois à ma hauteur, Johnny tourne la tête vers moi avec un large sourire. Il brandit son pouce levé, comme pour se rassurer lui-même. « C'est parti, ça va aller. » Cette scène me revient souvent, comme un flash. Un instant suspendu, au ralenti. Un sourire figé pour l'éternité dans ma mémoire de journaliste.

« Il était mon premier secret
Et je disais qu'il existait
Et j'ai menti tant que j'ai pu
Pour ce père que je n'ai pas eu. »

(*À propos de mon père*, 1974)

Johnny, distingué par la Belgique

Au volant de sa Ferrari rouge décapotable – une Modena Spider flambant neuve, bien peu adaptée aux étroites rues pavées du centre de Bruxelles –, Johnny est attendu au très officiel palais d'Egmont, bâtisse édifiée au XVIe siècle, affectée au ministère des Affaires étrangères. Clin d'œil du destin : c'est dans ce même quartier du Petit-Sablon que Léon Smet avait ouvert son cabaret quelques décennies plus tôt.

En ce vendredi de juin 2001, la star a troqué sa tenue habituelle de rockeur contre un élégant costume clair, beaucoup plus sage. Elle veut faire les choses bien. Il faut dire qu'à tout juste cinquante-huit ans Hallyday le rebelle s'apprête à recevoir une des plus hautes distinctions à laquelle un artiste puisse prétendre en Belgique : l'ordre de la Couronne, décerné pour services rendus à l'État belge, et notamment pour des mérites artistiques notables, le tout validé par le roi en personne. L'équivalent, en quelque sorte, de la Légion d'honneur en France.

Le ministre des Arts, des Lettres et de l'Audiovisuel de la Communauté française de l'époque, Richard Miller, est chargé de remettre la distinction à Jean-Philippe Smet. La jeune et discrète Laeticia est présente pour ce moment très solennel, de même que nos caméras de RTL-TVI et toute la presse francophone du royaume. C'est l'événement.

Après le discours du ministre devant une centaine d'invités tout aussi officiels, c'est à Johnny de dire un petit mot. Sans hésiter, le chanteur choisit d'éclipser sa réussite personnelle pour mettre à l'honneur quelqu'un d'autre, toujours profondément ancré en lui. « Je ne peux m'empêcher d'avoir une pensée pour mon père, Léon Smet, qui était belge. Et qui, aujourd'hui, aurait été fier d'être là. »

Le fils blessé si souvent, qui a encaissé les déceptions à répétition, jusqu'au dégoût, a donc pardonné. Mieux, en offrant symboliquement sa distinction à Léon, il met en avant les talents artistiques de son père. C'est ce qu'il confie d'ailleurs à un collègue du *Parisien* : « Je n'oublie pas qu'il a été un grand artiste avant que la vie lui joue des tours. D'où il est, j'espère qu'en cet instant il est fier ! »

Au cours de sa vie, Johnny s'est peu exprimé sur son père. Sujet tabou, trop douloureux. Même dans sa sphère d'amis intimes, peu se risquaient à parler de Léon. Son parolier Michel Mallory a fait partie de ses rares confidents. Peut-être parce que lui-même entretenait une relation paternelle complexe. « On avait tous les deux des problèmes avec nos pères », m'explique-t-il. Celui que Hallyday surnomme « le petit cow-boy corse » l'accompagne souvent en tournée dans les années 1970. Il fait même partie de son quotidien, partage ses doutes, ses peines et ses excès. C'est à cette époque que Johnny, tiraillé entre l'appréhension et l'espoir, entreprend de faire venir Léon à Paris. Michel Mallory est chargé d'aller accueillir le vieil homme à la gare du Nord. Il arrive tout droit de Bruxelles, en train.

Soucieux d'améliorer les conditions de vie de son père, Johnny a loué pour lui un studio en plein Paris. Il lui a acheté des meubles et a même refait sa garde-robe. « Il avait un ami qui travaillait chez Cerruti. Il lui a dit : "Il faut que tu rhabilles Léon." Il lui a acheté six chemises, des pantalons, un manteau beige », me raconte Michel Mallory. De quoi rendre au vagabond toute sa dignité, l'élégance de sa jeunesse. « Johnny était très heureux de renouer avec son père. Il était persuadé que Léon avait enfin besoin de lui », poursuit le parolier. Hélas, les espoirs du fils seront une nouvelle fois brisés. Après quelques jours à peine, peut-être quelques semaines, Johnny apprend que son père a une nouvelle fois fichu le camp. L'histoire se répète. Léon a même mis le feu à l'appartement après avoir revendu les meubles et les luxueux vêtements de marque italienne, pour retourner à Bruxelles vivre « à l'aventure », comme il se plaisait à le dire. Peut-être pour quelques bouteilles de plus ? Comme lorsqu'il avait revendu la layette de son nourrisson quelques décennies plus tôt ?

Pour Johnny, c'est le coup de grâce. La déception de trop. Il a le sentiment que, quoi qu'il fasse, son père ne lui accordera jamais la moindre attention.

« Après cet événement-là, Johnny ne voulait plus entendre parler de sa famille belge. Il préférait tourner la page », continue Mallory. Alors qu'il rejoint le rockeur à Bruxelles en marge d'une tournée, dans les années 1990, le « petit cow-boy corse » se fait interpeller par le journaliste belge de presse écrite Eddy Przybylski. Avec enthousiasme, ce dernier lui explique avoir retracé l'arbre généalogique belge de Jean-Philippe Smet. Un travail titanesque, synthétisé dans des articles – avec photos des cousins éloignés présentant une ressemblance frappante à l'appui. « Le gars me demande si je peux transmettre l'enveloppe à M. Hallyday. Plus tard, je tends le tout à l'artiste en lui expliquant que ses racines belges sont condensées dans le pli. Sans une hésitation, Johnny déchire les documents. Il n'y jette même pas un œil. Tout ce qu'il me dit, c'est qu'il ne veut plus en entendre parler. »

Au regard de ces blessures répétées, il est aisé de comprendre pourquoi le chanteur a longtemps évité d'aborder le sujet du père. Il a d'ailleurs eu un mal fou à interpréter sur scène un titre autobiographique de son répertoire qui fait écho à ce désamour paternel.

En 1974, Hallyday se trouve à Londres avec Mallory. Ils travaillent ensemble sur le dernier opus, *Rock'n'Slow*. Au milieu de titres assez légers – des adaptations de tubes de Chuck Berry ou d'Eddie Cochran, entre autres –, un texte détonne par sa profondeur et l'émotion qu'il véhicule : *À propos de mon père.*

« Je l'ai fabriqué comme j'ai pu
Ce père que je n'ai jamais eu. »

Comment Johnny en vient-il à aborder un thème aussi intime parmi d'autres beaucoup plus anodins, aux titres évocateurs (*Ma panthère noire*, *Interdit aux moins de 13 ans*) ? « Pour le nouveau disque, nous n'avions pas suffisamment de chansons. À Londres, on était entre nous, tranquilles. Avec Johnny, nous avions établi une relation de confiance. J'étais avec lui tout le temps, un peu comme une éponge qui absorbait ses sentiments, ses joies comme ses peines. Même s'il n'écrivait pas ses textes, il guidait ses auteurs vers des thématiques qui lui parlaient. Il nous guidait. On savait qu'il y avait des mots à ne pas employer, parce qu'ils n'étaient pas dans son vocabulaire. Ce jour-là, alors qu'on cherchait des idées, il m'a simplement dit qu'il avait envie d'écrire un truc sur son père. Mais pas quelque chose de méchant », me raconte Michel Mallory.

Avec le compositeur Marc Benois, il signe ainsi le bouleversant *À propos de mon père*. Pudiquement, il évoque l'abandon : « J'imaginais ma main d'enfant à l'abri dans sa main de grand. » Johnny évoque aussi les récits, toujours négatifs et tellement blessants qu'il a entendus toute sa vie au sujet de son père : « N'en parlez pas, n'y touchez pas, vous qui ne le connaissez pas. » La mort de Léon, qu'il anticipe : « Il est parti vers un horizon, vers l'oubli. » Enfin, les questions qui resteront toujours sans réponse pour lui : pourquoi son père a-t-il mené cette existence autodestructrice ? « J'imaginerai tout le reste, et j'imaginerai sa vie. »

Hallyday parvient à enregistrer le titre en studio. Sur scène, c'est une autre affaire. La chanson est magnifique, mais elle le fait trop souffrir pour qu'il puisse l'intégrer à son tour de chant. Ce n'est qu'en 2000 que le rockeur se risque à l'interpréter devant un public, pour ses concerts à l'Olympia. Soit vingt-six ans après sa création. Ce n'est plus Johnny Hallyday qui est en représentation à ce moment-là, mais bien Jean-Philippe Smet, vulnérable et sans fard. Rarement, il s'est autant dévoilé, comme le confirme le parolier. « Cette chanson était trop forte en émotion pour lui. La blessure de cette absence de relation avec son père est restée béante. Ça lui coûtait trop de l'interpréter sur scène. » Et pourtant, quel plus bel hommage au grand absent de son existence ?

« Je veux qu'on s'en mette plein la panse
Je veux qu'on bouffe comme des porcs trop zélés
Je veux qu'on chante, je veux qu'on danse
Je vous invite au grand banquet. »

(*Le Grand Banquet*, 1983)

À table avec Johnny

Le 3 novembre 2012, nouvelle interview, nouvelle montée d'adrénaline, comme à chaque entretien avec le Taulier. Dans les coulisses de Forest National, mon collègue a installé « son cadre » dans une loge en vue de l'interview d'après-concert. Les costumes de la star trônent sur leur portant à l'arrière-plan. Éric Poncelet, que tout le monde surnomme Ponpon à la rédaction, est un cameraman avec une fameuse expérience derrière lui. Mais jamais encore il n'a eu l'occasion de filmer Hallyday. Il s'en réjouit d'avance. Le moment est d'autant plus plaisant que le chanteur est de charmante humeur. Pour une fois, pas d'essaim d'attachés de presse autour de nous. Le manager, Sébastien Farran, est venu s'assurer que tout roule. Il s'éclipse avant que l'interview ne commence et confie simplement à l'une des représentantes de Warner, sa maison de disques, le soin de garder un œil sur la montre. Il faut dire qu'il est déjà presque minuit.

Johnny est encore galvanisé par les concerts hors norme qu'il a donnés quelques jours plus tôt à Londres, au très prestigieux Royal Albert Hall. J'y étais moi aussi, au premier rang. J'ai pu voir comment le « French Elvis » a réussi à électriser la salle la plus célèbre de la capitale britannique. Quelle folie ! Le service d'ordre s'est vite retrouvé dépassé, surpris de voir soudain tous les spectateurs se lever et envahir l'avant-scène, alors que le show était censé se dérouler devant un public sagement assis, avec places numérotées. C'est mal connaître les fans de Johnny.

Le rockeur a d'autant plus apprécié l'expérience qu'elle l'a ramené soixante ans en arrière, au temps des vaches maigres. Quand, tout petit, il accompagnait ses cousines Desta et Menen, qui se produisaient à Londres en tant que ballerines. Quelle revanche sur le destin !

Johnny est particulièrement loquace, détendu, ce soir de novembre 2012. Finit-il par me reconnaître au fil des entretiens ? Ça n'est pas impossible. Je me contente à chaque fois de glisser à l'artiste que ça me fait très plaisir de le retrouver. Mon collègue aguerri et téméraire va littéralement mettre les pieds dans le plat ! À la fin de l'interview, alors que je remercie Johnny, le cameraman l'interpelle. Hallyday, surpris et un peu sourd après deux heures de concert, lui fait signe de répéter. Avec un sens bien belge de la formule, Ponpon lance à la star : « On voit que c'était pas de bêtes questions ! On voit que c'est une fan ! » Je ne sais plus où me mettre et me cache derrière mes fiches. Johnny acquiesce : « Non seulement elle est intelligente, mais en plus elle est jolie ! » Voilà que je vire à l'écarlate ! Aucune intention de séduction – je le sais bien pour l'avoir déjà vu à l'œuvre en présence de jolies blondes plus à son goût –, mais un souci de faire plaisir, de témoigner son attention. Juste une profonde gentillesse. Ma soirée devient vraiment parfaite quand, en passant, le manager de Johnny lance aux filles de la maison de disques : « Vous nous retrouvez au restaurant ? » Oui, il m'a bien tapoté l'épaule en énonçant cette phrase. Me voilà donc de la partie !

À cette heure tardive, toute la salle de la brasserie est privatisée par Johnny et ses musiciens. La star occupe la table centrale avec son épouse, son manager et ses musiciens les plus fidèles, dont le guitariste Robin Le Mesurier. Les choristes sont assises un peu plus loin. Je rejoins les collègues belges de Warner, attablées dans l'entrée avec Mathieu, le coiffeur, visiblement chargé de nous tenir compagnie. Pour tout le monde, des bulles, raisonnablement, et quelques croquettes aux crevettes très typiques que Johnny affectionne particulièrement. Il en déguste à chaque fois qu'il passe par le plat pays, comme ses vieux copains me l'ont souvent raconté.

Hallyday est un fin gastronome, capable d'apprécier tant un restaurant étoilé qu'un repas à la bonne franquette. À Bruxelles, il a ses incontournables près de la

Grand-Place, là où il séjourne depuis les tournées des années 1960 – au très chic Hôtel Amigo d'abord, puis au Royal Windsor. Si le rockeur a le coup de cœur pour cette dernière adresse, c'est grâce à un Belge. Au début des années 1990, Patrick Amourette travaille au service marketing de l'établissement. Il ambitionne de faire venir des stars au Royal Windsor, pour booster la popularité de l'hôtel. Le commercial commence par démarcher Alain Delon, qui doit poser ses valises à Bruxelles le temps d'un tournage. Le contact passe tellement bien entre les deux hommes que « le Guépard » séjournera deux à trois mois à l'hôtel. « Delon savait que je voulais essayer d'avoir d'autres artistes, alors il a dit : "Appelle de ma part." Et j'ai vidé les autres hôtels bruxellois de leurs personnalités ! », relate Patrick. C'est ainsi que Johnny commence à loger lui aussi au Windsor vers 1993. Toujours dans la suite Royale. Le chanteur est d'autant plus emballé par cet établissement qu'une boîte de nuit est installée au sous-sol à l'époque, directement accessible par ascenseur.

« Johnny était très respectueux, très gentil et apprécié de tout le personnel. Ce qu'il aimait ici, c'est qu'il se sentait à la maison. C'était comme son petit appartement. Il y avait ses repères et ses habitudes. » Pourtant, le style de la suite de cent mètres carrés est plus classique que rock'n'roll, j'ai pu m'en rendre compte en visitant récemment la chambre, qui, bien que rénovée, se distingue toujours par sa salle de bains aux murs recouverts de marbre marron foncé, avec sauna et jacuzzi privatif intégré.

Au-delà du confort, l'hôtel séduit le chanteur par sa situation, à deux pas du centre historique. Et pour l'attention qui lui est accordée. Patrick, le commercial, joue en quelque sorte le rôle de « nounou » des stars de passage. Il conduit le rockeur aux salles de concert, veille à ce qu'il ne manque de rien. « Quand Johnny était là, il fallait être prêt à réagir au milieu de la nuit. Il lui arrivait de demander un paquet de cigarettes, alors le concierge sortait en acheter. » La cuisine était aussi mobilisée jusqu'aux petites heures. Il n'était pas rare que l'idole ait un petit creux vers 6 heures du matin et qu'il commande un steak. Sans oublier ce jour de 1994 : peu avant un show qu'il doit donner dans le cadre de sa tournée de petites salles, le « Rough Town Tour », le rockeur s'aperçoit que son médecin a oublié de lui donner sa piqûre de « superbooster ». « Je ne sais plus ce que c'était exactement, mais il a fallu beaucoup de temps avant que cette piqûre n'arrive... Le concert a pris du retard. Finalement, j'ai pu y assister depuis les coulisses. Il était dans une de ces formes ! », reprend Patrick avec nostalgie. « Quand il buvait, il faut dire que c'était quand même un phénomène. On a dû parfois le reconduire dans sa suite. Mais les dernières années, quand il venait avec Laeticia, il était plus calme. »

L'ancien employé guide aussi Johnny vers ses restaurants préférés, situés autour de la Grand-Place et donc accessibles à pied depuis l'hôtel. Longtemps, le chanteur fréquentera le traditionnel Chez Léon, précisément pour ses croquettes. Sa table est même estampillée de son nom en lettres dorées, aujourd'hui encore, vestige de longues soirées entre potes. Juste en vis-à-vis, dans la rue des Bouchers, la brasserie Aux Armes de Bruxelles fait aussi partie de son carnet d'adresses. Siroter une bonne gueuze pour accompagner des boulettes, des anguilles au vert, des moules ou un waterzooi, Johnny n'a pas peur des spécialités belges. Au contraire. Elles lui rappellent, sans doute, les bons plats cuisinés par la tante Hélène dans sa jeunesse. Mais le rockeur ne se contente pas de profiter de bons restos. Il tient, à chacune de ses visites, à ramener un peu de Belgique avec lui dans ses bagages. Notamment en emportant de la graisse de bœuf jusqu'à Paris pour cuire ses frites « à la belge ». Le rituel commence dans les années 1970, comme s'en souviennent ses amis de l'époque. Plus tard, dans les années 2000, quand il devient propriétaire de son propre restaurant parisien, le Rue Balzac, le chanteur rapporte de Belgique sa précieuse cargaison pour que les cuissons soient réalisées à la perfection. Il rentre également en France avec des glacières remplies de croquettes aux crevettes et au fromage.

Le patron de la très réputée friterie de la place Jourdan se souvient encore du jour où il a vu une Ferrari rouge débarquer à toute allure. Johnny voulait faire découvrir à sa jeune épouse, Laeticia, « les meilleures frites de Bruxelles ». Et emporter du stock pour une petite soirée parisienne. Les frites, toujours avec de la mayonnaise, ne l'oublions pas. C'est Johnny lui-même qui se plaît à le rappeler à chaque journaliste qui l'interroge sur sa « belgitude ».

À la petite table du bistrot où je savoure mes croquettes d'après-spectacle, je détaille la star du coin de l'œil. Dans ses yeux, une pointe de lassitude et beaucoup de fatigue. J'entends la frêle voix de Laeticia. Elle explique aux musiciens qu'une de ses amies DJ se produit justement cette nuit-là en ville. Pourtant, la jeune épouse entend se montrer raisonnable. « Mon mari préfère aller se coucher tôt. » C'est qu'il est déjà 2 heures du matin…

Pour la première fois, je peux échanger avec Mme Hallyday. Discrète, polie, elle vient nous faire la bise et décline son identité avec simplicité. Dissimulée sous un béret façon Gavroche, elle parle d'une voix délicate et fluette, choisissant chacun de ses mots avec le plus grand soin. Son attitude me rappelle celle de certaines princesses belges que j'ai régulièrement l'occasion de croiser dans le cadre de mes reportages sur l'actualité royale. Jamais un mot plus haut que l'autre. Toujours dans la retenue.

« Lutte pour écrire ton histoire
Lutte pour garder ta mémoire
Et pour garder en toi
Une rock'n'roll attitude. »

(*Rock'n'roll attitude*, 1985)

Son combat pour la nationalité belge

Sur la plus belle avenue du monde, le Fouquet's est très facile à repérer avec ses auvents rouges et son enseigne clinquante. C'est là, sur les Champs-Élysées, que la presse écrite belge a rendez-vous avec l'idole, au lendemain de son retour médiatique grandiose, le 3 décembre 2011, au premier étage de la tour Eiffel. Celui qui a frôlé la mort à Los Angeles prend le temps d'expliquer ses nouveaux projets devant les journalistes. Il doit montrer que Johnny Hallyday est toujours bel et bien vivant. Il vient même de remercier son producteur historique, Jean-Claude Camus, au profit d'un autre ponte du métier, dans le but de relancer sa carrière avec de « grosses tournées », comme le précise le communiqué de presse. Oubliées, les idées de retraite et de tournée d'adieu.

Dans la salle principale du mythique restaurant, la presse étrangère est rassemblée par nationalité. Chaque pays a droit à sa table. Suisses, Québécois, et même quelques Russes. Sans oublier les Belges, représentants de cinq ou six médias différents. Cette fois, je suis mandatée par la radio, et donc équipée d'un simple petit enregistreur. Nous profitons du buffet gargantuesque mis à notre disposition – jamais je n'avais encore vu pareille pyramide de foie gras – quand le nouveau producteur de la star nous fait un signe. Gilbert Coullier, avec un flegme étonnant et un bronzage qui l'est tout autant, indique un petit salon situé dans l'arrière-salle où nous installer pour rencontrer l'artiste.

La veille, Johnny n'a chanté que pendant une trentaine de minutes, pourtant il semble épuisé. Ses lunettes noires ne font pas longtemps illusion. Toute demande de photographies de la part des journalistes est tout de suite écartée par les attachés de presse. Il faut dire que, pour Hallyday, 11 heures du matin, c'est un peu comme se lever aux aurores. Fatigué mais enjoué quand il évoque sa future tournée, il plaisante au sujet de ces incontournables chansons qu'il est un peu contraint d'inclure encore et encore dans ses tours de chant pour faire plaisir au public, même si certaines lui tapent sérieusement sur le système. Lesquelles ? Impossible de lui faire lâcher le morceau. L'interview commune s'achève dans la bonne humeur générale, et Johnny prend le temps de signer quelques dédicaces. Je lui soumets une photo collector trouvée dans un coffret de vinyles vintage. Le sexagénaire rescapé du rock se retrouve soudain face au jeune débutant fringant des sixties. Solaire, dans son uniforme de soldat. « Ça, c'est quand j'ai fait mon service militaire en Allemagne, à Offenburg, en 1964 ! », précise-t-il avec nostalgie. Il est visiblement ravi de redécouvrir le sublime cliché de Jean-Marie Périer, photographe qui a eu la chance d'immortaliser toutes les étoiles montantes des années 1960.

En pleine gloire naissante, Hallyday n'a pas tenté d'échapper à son devoir civique. Il a préféré faire comme Elvis, son modèle absolu, et effectuer son service militaire, à l'instar des jeunes hommes de son âge. « Au départ j'avais deux passeports, le belge et le français. Mais quand j'ai fait mon service militaire sous les drapeaux français, j'ai été obligé de choisir. » Johnny évoque ce double passeport face à un journaliste belge dont la réputation n'est plus à faire, Christophe Deborsu. Nous sommes alors en 1990, en plein « Cadillac Tour ». La star n'a à ce moment aucune velléité de retrouver sa nationalité belge, et donc pas de raison, a priori, d'inventer des histoires. Ce n'est que seize ans plus tard, en 2006, que l'information fera les gros titres de la presse française, à commencer par *Le Monde* : « Johnny Hallyday veut prendre la nationalité belge. » Si la nouvelle indigne les Français, qui ont érigé la star en fierté nationale, elle ne sera pas accueillie si bien que cela non plus par les politiques belges.

C'est l'ambassadeur de Belgique à Paris qui a été sollicité le premier. Il reçoit un courrier de M. Smet mentionnant qu'il s'agit d'« un projet qu'il nourrit de longue date. Un retour à une partie de ses racines ». Pierre-Dominique Schmidt est pour sa part convaincu par cet argumentaire, comme il le fait savoir à RTL Info : « C'est une véritable opération de cœur. Il est vraiment très belge de cœur. Il a la fibre de chez nous où il vient souvent. On a beaucoup parlé de Bruxelles, de ce qu'il aimait faire à Bruxelles. Du fait qu'il retourne régulièrement en Belgique pour se ressourcer et se sentir bien. »

Malgré ce premier contact prometteur et son immense notoriété – le concert à la tour Eiffel a rassemblé sept cent mille spectateurs –, Johnny ne va bénéficier d'aucun passe-droit dans ses démarches. La rock-star doit suivre avec patience la procédure administrative classique. Son dossier sera examiné, parmi des centaines d'autres, par la Commission des naturalisations de la Chambre des représentants.

Karine Lalieux, aujourd'hui ministre des Pensions et de l'Intégration sociale en Belgique, faisait partie des députés chargés d'examiner le dossier. Lorsque je la contacte, elle se souvient que, d'emblée, le cas de Johnny était loin de faire l'unanimité. « On s'interrogeait sur les réelles motivations du chanteur. À l'époque, la France avait décidé de taxer les grandes fortunes. On avait l'impression qu'il voulait surtout échapper au fisc français. D'ailleurs, il était loin d'être la seule personnalité de l'Hexagone à avoir introduit une demande de naturalisation. »

La procédure va traîner durant des mois, entraînant dans son sillage un battage médiatique phénoménal, qui nuira très clairement à Hallyday, selon Karine Lalieux : « Ça a été sans aucun doute le moment le plus médiatisé de la vie politique belge ! Toute la presse française était là, aux côtés des médias belges francophones. Au sein de la commission, les Flamands, majoritaires, n'avaient jamais entendu parler de Johnny. Ils ne comprenaient pas pourquoi il y avait cette armada de photographes et de caméras à chacune de nos réunions. »

Le gros problème dans le dossier Hallyday, c'est que Johnny ne peut pas justifier de manière objective son attachement au pays : il n'y a jamais vraiment habité. Or c'est le premier critère imposé dans le cadre de toute demande de naturalisation. Il faut avoir résidé en Belgique au moins cinq ans de manière ininterrompue. Le rockeur a même précisé d'emblée qu'il ne comptait pas s'y installer pour autant, ce qui le dessert certainement.

En revanche, il affirme vouloir investir dans un restaurant bruxellois. Son adresse parisienne rencontrant un vif succès, le chanteur gastronome compte renouveler l'expérience dans la capitale belge. Puisqu'il aime tant la cuisine locale, pourquoi ne pas y avoir sa propre table ? Hallyday a jeté son dévolu sur Les Salons de l'Atalaïde, un vaste restaurant situé à Saint-Gilles, quartier bruxellois à la fois populaire et tendance. Le projet semble très sérieux. Le chanteur vient en personne négocier avec le vendeur. Il envisagerait de le rebaptiser « L'Envie », clin d'œil appétissant au titre composé pour lui par Jean-Jacques Goldman.

Mais les députés de la Commission des naturalisations restent prudents. D'autant que d'autres informations venues de France ne cessent de parasiter le dossier. Fin 2006, ils apprennent que la star a finalement décidé de s'établir… à Gstaad, en Suisse. Johnny critique ouvertement la politique fiscale française qu'il juge trop dure. De quoi refroidir encore un peu plus les députés belges, qui décident de se donner six mois supplémentaires pour statuer. Karine Lalieux m'explique : « Ce n'était pas un refus, mais nous voulions donner la possibilité à M. Hallyday de nous apporter davantage d'éléments pour nous prouver son attachement à la Belgique. Qu'il ait le temps de développer ses propres projets. S'il voulait devenir belge, alors il fallait vraiment que la Belgique devienne sa patrie. Qu'il y ait un vrai engagement de sa part. » Les plus sceptiques considèrent que le chanteur souhaite devenir belge pour pouvoir ensuite s'installer à Monaco et y bénéficier d'un régime fiscal clément, des accords existant entre les deux pays.

Face à cet ajournement, Hallyday ne baisse pas les bras et publie un communiqué via ses avocats : « Suite à sa demande de nationalité belge, Johnny Hallyday maintient celle-ci et reste confiant dans la décision de la Commission des naturalisations, compte tenu de la sincérité de ses motivations. » Invité sur les ondes de Bel RTL, le producteur du chanteur s'indigne et prend la défense de son artiste – assez mal embarqué, il faut bien le reconnaître : « Ça donne envie de vomir ! Quand on parle de délocalisation parce qu'il s'installe à Gstaad, en Suisse... Il y a des milliers de gens qui sont là-bas ! Zidane n'a jamais payé un sou d'impôt. Est-ce qu'on voudrait un jour publier ce que Johnny Hallyday a versé comme impôts à la France ? » La rencontre, en coulisses, de Jean-Claude Camus avec Karine Lalieux n'y changera rien.

D'autant que la suite des événements ne jouera pas en faveur de Johnny... Le 6 mai 2007, Nicolas Sarkozy est élu président de la République française. Son élection signe le retour du couple Hallyday en France, comme Laeticia l'affirme sans détour au micro de Marc-Olivier Fogiel pour RTL France : « Aujourd'hui la fiscalité en France est inacceptable. Travailler les trois quarts de l'année pour l'État, c'est pas possible. On aime notre vie en France. Nicolas veut mettre le bouclier fiscal à 50 %. » Sarko – qui a eu l'honneur de marier les deux époux, à Neuilly, onze ans plus tôt – clame qu'il veut redonner à Johnny « l'envie d'avoir envie ».

Une chose est sûre, il a perdu l'envie de devenir belge. Quelques mois seulement après l'élection de Nicolas Sarkozy, Hallyday finit par renoncer à la procédure de naturalisation, comme il l'annonce devant quelques journalistes : « Je suis français, je reste français. J'ai changé d'avis. On m'a assez traîné dans la boue quand je me suis installé à Gstaad. Je me suis demandé ce qu'avait fait, après tout, mon père pour moi. J'ai eu le temps de réfléchir. Je suis très bien comme je suis ! » La Commission apprendra le revirement dans la presse, une fois de plus. Quant au projet de restaurant à Bruxelles ? Il n'aboutira jamais. N'en déplaise aux fans belges qui s'en réjouissaient déjà.

Quinze ans après, Karine Lalieux ne regrette pas le fait que la Commission soit restée méfiante : « Est-ce qu'on aurait dû faire une exception, parce que c'était Johnny ? Je ne pense pas que les Belges l'ont moins aimé pour autant. Je ne pense pas non plus qu'il aurait valorisé sa nationalité belge par la suite. »

Les amis les plus proches du chanteur sont plus nuancés. Michel Mallory, qui l'a accompagné si souvent en Belgique, considère que sa démarche n'était pas purement motivée par un intérêt fiscal. « Pour moi, c'était cinquante-cinquante. Il y avait sûrement un peu des deux, parce que Johnny se sentait vraiment à moitié belge. Quand on venait en Belgique, il se sentait chez lui. Comme il se sentait chez lui en France. Mais ses racines n'ont jamais été parisiennes. » À en croire son parolier, le chanteur avait même conservé des manies de langage, probablement héritées de sa tante Hélène. « Je devais me battre avec lui parce que, quand on enregistrait en studio, il avait tendance à dire "et pouis" au lieu de "et puis". » Prononciation typiquement wallonne, conformément aux origines namuroises des Smet…

C'est encore Johnny lui-même qui conclut le mieux cette affaire qui aura fait couler tant d'encre : « Vous savez, une question de papiers, une question de passeport, ça ne veut pas dire grand-chose. Toute ma vie, je serai à moitié belge et à moitié français. »

« Telle est ma quête
Suivre l'étoile
Peu m'importent mes chances
Peu m'importe le temps. »
(*La Quête*, 1968)

Johnny et le Grand Jacques

Tout Bruxelles est en effervescence depuis plusieurs jours. Ce soir, Johnny Hallyday donnera un concert monumental au stade Roi Baudouin, le plus grand du pays. Il s'agit en fait du nouveau nom donné au stade du Heysel marqué à jamais par le drame de 1985. Le 29 mai de cette année-là, en plein match de foot très tendu où s'opposent Liverpool et la Juventus, les grilles de séparation et un muret s'effondrent suite à une charge de hooligans qui provoque un mouvement de foule dans les tribunes. Le bilan est épouvantable : trente-neuf morts et plus de six cents blessés. Après la catastrophe, le stade a été complètement rénové, sécurisé et rebaptisé.

Jusque-là, seule Céline Dion, en 1997, a accompli l'exploit de remplir les cinquante mille places de cette enceinte. Dans la foulée de sa tournée française, le rockeur lui emboîte le pas, en 2000.

C'est le concert de tous les superlatifs. Le dispositif est détaillé, chiffres à l'appui, dans les journaux télévisés. Pour transporter la scène de quarante et un mètres de large, dix-huit semi-remorques sont mobilisés, ainsi que cinquante autres camions. Sur la route, deux cents *roadies*, et deux cents autres engagés sur place pour le montage des installations. Le producteur garantit dans les médias que le spectacle sera strictement le même que celui donné à Paris au Champ-de-Mars, la tour Eiffel en moins.

Depuis ses concerts mythiques au Stade de France cinq ans plus tôt, Johnny Hallyday a franchi un cap. De star confirmée, il est devenu, à presque soixante ans, une forme d'institution respectée de tous. Il n'est plus seulement « l'idole des jeunes », mais l'Idole qui plane au-dessus de toutes les autres. Il n'y a qu'à voir le nombre de politiques qui se pressent à ses concerts, à Paris comme à Bruxelles, encore plus nombreux lors du deuxième show au stade Roi Baudouin en 2003. La gigantesque « Tournée des stades », dans laquelle celui-ci s'inscrit, fédère huit cent mille spectateurs. « Johnny est comme le bon vin, il se bonifie avec le temps », commentent certains présentateurs télé.

Hallyday signe d'ailleurs une arrivée à sa mesure, digne d'une superstar. Alors que le public est là depuis le matin pour s'assurer de décrocher la meilleure place, lui débarque nonchalamment à 18 heures de son jet privé[1], qui l'a amené de Paris avec son épouse, Laeticia. Des motards de la police belge sont même chargés d'escorter le couple jusqu'au stade, comme il est d'usage avec les plus hauts dignitaires.

Le chanteur a toujours confié porter une attention toute particulière à ses entrées et ses sorties de scène. Ce mégashow en est l'un des exemples les plus époustouflants. Dans un costume en cuir plastifié très cintré signé Jean-Paul Gaultier, rehaussé d'une imposante cape, le voici qui descend du ciel bruxellois. Enfin d'un ascenseur à ciel ouvert, mais c'est tout comme. La petite plate-forme trône à vingt-huit mètres de haut, l'équivalent d'une tour de onze étages. Est-ce pour combattre sa peur du vide que le chanteur se tient si droit ? Stoïque, la mâchoire serrée, derrière ses lunettes noires qui viennent parfaire son look futuriste à la Matrix, il est complètement dans son rôle de super héros. De dieu des rockeurs. Il n'a pas encore ouvert la bouche que son public l'acclame. Rit. Pleure. Brandit le poing vers son sauveur qui descend au-dessus de lui au ralenti, porté par l'orchestre symphonique et les chœurs, presque religieux eux aussi. Ce n'est pas un hasard. À peine Johnny touche-t-il le sol que résonnent les premières notes de *Que je t'aime*. La star envoie valdinguer sa cape. « Les diables et les dieux » du rock s'éveillent et entraînent le public dans une véritable transe.

1. Voir le cahier photos.

Si les concerts de Johnny ont des allures de grand-messe, c'est aussi parce qu'ils sont ponctués de rituels. Pas d'eucharistie, de « Notre Père » ou de bénédiction. Mais des bras qui se croisent au son de *Gabrielle.* Des phrases qui reviennent inlassablement, mot pour mot, de show en show, comme autant de gimmicks… « Et maintenant je vais vous parler de celle que vous connaissez tous… Dites-moi son nom ! » Et le public de s'époumoner : « Gabrieeeeeelle ! » Des milliers de doigts tendus en direction de la scène pour marteler « Que je t'aime », parce que Hallyday est le seul et unique destinataire de tout cet amour. Ou encore ce moment phare où le rockeur présente un à un les musiciens qui l'accompagnent sur scène, pour finir par s'annoncer lui-même : « Le chanteur du groupe s'appelle… Johnny Hallyday. » Sans oublier l'hommage incontournable à Michel Berger, prélude à *Quelque chose de Tennessee.*

Au fil des ans, la star a aussi pris l'habitude de conclure son tour de chant avec la reprise d'un grand standard de la chanson française qui lui tient à cœur. *Sur ma vie*, d'Aznavour. *L'Hymne à l'amour*, de Piaf. *Et maintenant*, de Bécaud. Autant de titres forts qui lui donnent l'occasion de mettre en œuvre son grand talent d'interprète. Avec une émotion toute particulière quand il s'agit de Brel.

Johnny le met à l'honneur à la fin des shows de trois de ses tournées. Un record. En 1982, il offre une version poignante de *Ne me quitte pas.* À genoux, ruisselant de sueur du début à la fin. En 2006, il fait de *La Quête* de Brel la sienne. Avec le coffre d'un baryton, il revisite le titre phare de la comédie musicale *L'Homme de la Mancha*. Johnny l'introduit avec quelques mots très personnels sur scène : « J'ai perdu beaucoup d'amis dans ma vie. Il y a un grand chanteur, un grand auteur-compositeur, qui me manque aujourd'hui. J'aimerais chanter cette chanson en sa mémoire. Parce que, pour moi, il sera toujours là dans mon cœur. Monsieur Jacques Brel. »

L'admiration de Jean-Philippe pour le Grand Jacques ne date pas d'hier. Tout jeune yéyé, il l'écoute déjà avec fascination, comme il le confie dans son autobiographie *Destroy*. « Brel me bouleverse. Sur scène, c'était un géant donnant tout avec l'intensité d'un rockeur. Si Brel avait fait du rock, il nous aurait tous enterrés. » Leurs carrières respectives vont les amener à devenir bien plus que des collègues. Les chanteurs se croisent d'abord grâce à leurs maisons de disques. Le jeune Hallyday est dans l'écurie Vogue, Brel chez Barclay. Le tout-puissant Eddie décide, en 1968, de récupérer le fougueux rockeur. Pour mener à bien son opération séduction, il fait de Brel son complice, les invitant tous les deux au resto pour tenter de convaincre Johnny de les rejoindre. Il s'en est fallu de peu pour que le stratagème fonctionne. Mais c'est avec Philips, le plus offrant, que le rockeur signe finalement. Pas de quoi entamer toutefois cette amitié naissante entre Jacques et Johnny.

Sont-ce leurs origines communes qui les lient malgré leurs quatorze années de différence ? Leur rapport douloureux à la figure paternelle ? (Brel fils dit ne jamais s'être trouvé de points communs avec Brel père.) Leur engagement sans faille pour ce public devant lequel ils dévoilent leurs douleurs, leurs peines les plus intimes ? Hallyday ne cache pas avoir appris énormément de son aîné. Il le confie sur les ondes de Bel RTL, en 2014 : « Jacques, c'est le seul artiste, sur scène, qui m'ait fait pleurer. Il m'a montré qu'il faut faire passer des sentiments et que les gens les reçoivent. J'ai toujours pris exemple sur lui. »

Leur complicité a eu tout le temps de s'épanouir au moment où le cinéma les réunit en 1971, sous l'impulsion de Claude Lelouch. Johnny a vingt-huit ans, Brel quarante-deux quand ils intègrent le casting de *L'Aventure, c'est l'aventure*. Une fameuse aventure, en effet, dans une ambiance de vacances entre copains : Lino Ventura, Aldo Maccione, Charles Denner, Charles Gérard. Le rockeur s'en souviendra comme de « jours de fête dans un climat exceptionnel ». L'une des plus belles expériences pour lui qui est fou de cinéma depuis son plus jeune âge. Il joue avec « ses maîtres », qui se révèlent d'une grande simplicité.

Brel et Hallyday ne se fréquentent pas que sur les plateaux. Ils partagent un autre point commun : ce sont deux oiseaux de nuit, amateurs de sorties enfumées jusqu'au petit matin. Johnny a souvent raconté qu'il le suivait dans les bordels du Nord. « Brel adorait aller dans les bars à filles. Il connaissait tous les bars et toutes les prostituées des villes de province. Il ne faisait jamais rien avec elles, il était juste leur pote et elles, ses amies. Il leur offrait le champagne à toutes et refaisait le monde avec elles jusqu'à 5 heures du matin », précise Johnny dans un entretien accordé à l'auteur Marc Levy, en 2016.

Les deux copains s'embarquent mutuellement dans des virées en voiture à toute vitesse. Johnny au volant, Jacques se cramponnant. « Brel disait qu'il ne priait plus depuis longtemps, sauf quand il était en bagnole avec son ami Hallyday », évoque le journaliste belge Eddy Przybylski. Le rockeur n'a jamais caché son côté « fou du volant ». La moto pour la liberté, la voiture – Porsche ou Ferrari de préférence – pour les pointes de vitesse.

Le Grand Jacques, lui, aime prendre de la hauteur à bord de son petit avion bimoteur. Johnny s'en souvient avec affection au micro de Bel RTL : « C'était un excellent pilote. Dans les années 1970, quand j'étais en tournée, il venait me chercher avec son petit avion. Il m'emmenait déjeuner dans les meilleurs restaurants le midi. Puis il me ramenait pour les concerts du soir. Il ne dormait jamais, je ne sais pas comment il faisait ! »

Triste hasard du destin, tous deux seront arrachés à la vie par un cancer du poumon, à trente-neuf ans d'intervalle.

« Et tant qu'on aime
Tant qu'on en crève
Rester vivant
Rester vivant. »

(*Rester vivant*, 2014)

Chanter après l'horreur des attentats de Bruxelles

Les étendards belge et français, comme entremêlés sur l'écran géant qui habille la scène du Palais 12. Un piano entame les premières notes d'un titre phare de Jacques Brel, *Quand on n'a que l'amour.* La voix chevrotante comme rarement en public, Johnny prend la parole pour rendre hommage aux victimes des attentats : « Je voudrais dédier ce morceau à toutes les victimes des attentats ainsi qu'à leur famille. À tous les Bruxellois, et à tous les Belges. Je vous aime. »

Rarement le rockeur a été aussi ému devant son public, pourtant clairsemé ce soir-là. Et pour cause. Quatre jours plus tôt, le 22 mars 2016, à 7 h 58, des terroristes se sont fait exploser à l'aéroport de Bruxelles. Un chaos inimaginable. De véritables scènes de guerre dans le hall des départs. Un peu plus d'une heure plus tard, une autre attaque a eu lieu dans un métro de la capitale, dans le quartier européen, en pleine heure de pointe. Trente-deux morts et plus de trois cents blessés. L'horreur.

Frappée au plus profond de son cœur, la Belgique est encore traumatisée par les attentats survenus à Paris quatre mois auparavant, le 13 novembre 2015. Le 21 novembre, face à la menace grandissante, le Royaume belge avait décrété le niveau d'alerte maximal dans la capitale. L'état d'urgence. Les centres commerciaux, les musées et cinémas bruxellois fermés. Des militaires postés dans les rues. Les rassemblements festifs et autres concerts, annulés. Dont celui de Johnny Hallyday, prévu précisément ce jour-là au Palais 12, à Bruxelles. Il avait été reporté au 26 mars 2016, sans que l'on puisse imaginer que la Belgique serait à son tour attaquée, le 22. À nouveau l'angoisse, l'incertitude la plus totale. La peur de sortir de chez soi. L'état d'urgence décrété au niveau national. Tout le pays se retrouve soudain figé par la terreur. Les vols à destination de Bruxelles sont déroutés, la circulation des trains est en partie suspendue. Pourtant, deux jours seulement après les attaques, le niveau d'alerte diminue, il est ramené à 3 sur une échelle de 4. Le concert de Johnny peut ainsi avoir lieu.

C'est dans ce contexte que la star monte sur scène, alors qu'une partie du public n'a pas osé faire le déplacement par crainte d'une nouvelle explosion. « Rester vivant ». Le nom de la tournée résonne comme un leitmotiv dans ces temps où tous les repères semblent chamboulés. « Rester vivant ». Alors que le drapeau belge s'affiche sur les écrans de l'arrière-scène, un crâne métallique gigantesque descend lentement. D'aucuns pourraient juger le décorum de mauvais goût dans le contexte ; ce serait ignorer la « rock'n'roll attitude ». Déluge de lumière rouge et de fumée au son des guitares électriques. Le crâne s'ouvre en deux, laissant apparaître Hallyday. Plus frêle, amaigri, mais droit et digne. *Rester vivant*. Il attaque avec ce titre tellement lourd de sens, mais entraînant. Comme un pied de nez à la mort qui plane encore sur la Belgique. Johnny roule des hanches, tape dans la main de ses musiciens, salue son public avec un entrain non feint. Comme s'il n'en revenait pas lui-même de pouvoir chanter ce soir-là.

Pour bien réveiller les démons du rock, il enchaîne avec la reprise de *Carol* de Chuck Berry qu'il a fini par faire sienne. Pas question pour le rockeur de verser dans la morosité, mais une fébrilité toute particulière l'envahit quand il s'adresse enfin au public. « Bonsoir Bruxelles ! On est très contents d'être avec vous ici ce soir. On a bien cru qu'on n'allait jamais y arriver. Mais *wow* ! Je suis heureux d'être avec vous. *Wow*. » Et d'être porté par les chants de la foule qui entonne un « Johnny Hallyday, Johnny Hallyday, Johnny, Johnny, Johnny Hallyday », comme des supporters de football assènent « On est les champions ». « Vous savez, ça me fait d'autant plus chaud au cœur que mon sang est divisé en deux, poursuit le chanteur. Une partie de mon sang est français par ma mère, une autre partie de mon sang est belge par mon père. » Et le public de scander le prénom « Jean-Philippe, Jean-Philippe », comme pour mieux mettre à l'honneur l'homme, dissimulé depuis si longtemps derrière l'artiste phénoménal.

D'habitude, chacune de ses interventions au cours d'un concert est inscrite sur le prompteur. Johnny les répète soir après soir, presque mot pour mot. Moi qui ai assisté à trois ou quatre shows de chaque tournée, je m'en suis très vite aperçue. Probablement une sécurité pour lui. Une béquille, pas indispensable mais confortable dans la routine des spectacles.

Mais ce soir-là à Bruxelles, Hallyday se dévoile. Il improvise. Comme s'il mesurait à nouveau pleinement la valeur d'un pareil moment. Seul face à ceux qui l'aiment tant. « Vous savez, mon plus grand plaisir, mon bonheur absolu, c'est quand je me trouve ici au milieu de vous. » Sa tendresse infinie, il la communique à son public avec un *Je te promets* dépouillé.

Chaque émotion semble amplifiée. Décuplée. Une rage de vivre qui se propage entre la scène et la salle, dans un échange sans fin. « Qu'on me donne la haine pour que j'aime l'amour… » *L'Envie,* de Jean-Jacques Goldman, n'a jamais été tant à propos.

Des ombres inquiétantes se promènent sur le crâne menaçant qui surplombe désormais la scène. Élément de décor conçu pour provoquer une fois de plus la Grande

Faucheuse, dans cette parenthèse hors du temps ô combien salvatrice, où tout ce que l'on risque, c'est d'être « victime de l'amour ».

Depuis la fosse, je réalise à quel point la production a bien fait de maintenir le concert. C'est une bouffée d'oxygène pour les milliers de Belges qui ont pris le risque de venir et qui oublient, deux heures durant, l'horreur des derniers jours. Dans un entretien accordé à *Paris Match*, l'artiste évoquera plus tard son choix de monter sur scène, coûte que coûte. Sa façon de résister : « C'était une évidence : on ne baisse pas les bras face au terrorisme. Je ne suis pas du genre à capituler. »

Mon cameraman a pu saisir les deux ou trois titres accordés par le management. Mais la star ne nous accordera plus d'entretien. Ni ce soir ni lors de son retour en Belgique avec les Vieilles Canailles. Certes, quelques rares fans sont encore introduits en loge par Laeticia pour rencontrer leur idole mais, bien que grisés, ils remarquent qu'une certaine fatigue a envahi le chanteur. Johnny, qui donne tout sur scène, semble vidé en coulisses. Les possibilités d'interviews sont très limitées.

Le rockeur confiera encore : « Ce n'était pas un concert comme les autres. J'ai vu dans le regard des gens que c'était important qu'on soit là. Bruxelles est une ville qui m'est chère, qui m'a toujours magnifiquement accueilli. Mais tu sais, cette relation est aussi un échange. Le public me fait vivre, me porte. Il me fait autant de bien que je peux lui en faire. Après les attentats de mardi, les ventes de billets se sont arrêtées net. On aurait pu croire que les gens ne viendraient pas, qu'ils auraient la trouille. Mais non, ils sont tous venus. Ils avaient besoin de ce moment de communion. » Depuis le parterre, on perçoit bien en fait que la foule est loin d'être aussi compacte que d'habitude. Mais l'important est ailleurs.

Après le show, le couple Hallyday passe la nuit à Bruxelles, puisqu'un autre concert est prévu le lendemain, censé clôturer cette 183e tournée de l'infatigable rockeur. La star loge dans sa suite fétiche du Royal Windsor.

Quand les Hallyday quittent leur hôtel en fin d'après-midi, c'est pour marcher jusqu'à la place de la Bourse, à six cents mètres. C'est là que les Belges se rassemblent pour honorer la mémoire des victimes des attentats. Les badauds remarquent à peine la longue silhouette noire qui se fraie un chemin, guidée par ses deux gardes du corps attitrés. Laeticia l'accompagne également, suivie du manager Sébastien Farran et du guitariste Maxim Nucci. « Regardez, c'est Johnny. » Quelques passants commencent à reconnaître l'artiste dissimulé derrière ses lunettes noires.

Les Hallyday n'ont pas alerté la presse. Juste l'agence de photo avec laquelle ils ont l'habitude de travailler, Best Image. Alain Rolland est sollicité. Le photographe belge a suivi le couple dans son quotidien à Los Angeles pendant trois ans, de 2007 à 2010. Il était chargé, pour l'agence de Daniel Angeli à l'époque, d'immortaliser la vie américaine de Johnny, au quotidien. En studio d'enregistrement. Après un resto. Au parc avec Jade et Joy. En s'assurant qu'un photographe officiel fasse le job, le couple pouvait ainsi contrôler les parutions et gérer sa communication en court-circuitant un certain nombre de paparazzis.

Laeticia a repris contact avec l'agence. Elle tient à ce que les photos de la Bourse puissent exister, tout en opérant avec discrétion. Mais Alain ne sait pas pour autant à quelle heure le couple fera irruption. Il planque pendant des heures, place de la Bourse. Soudain, il repère la silhouette charismatique de l'idole, dissimulée dans un long manteau noir. Johnny dépose une bougie parmi des centaines d'autres. Il est venu se recueillir mais ne peut raisonnablement pas trop s'attarder, au risque de voir naître un mouvement de foule. Dans cette tension post-attentat, il n'a même pas prévenu la police de sa présence, pour éviter qu'un dispositif de sécurité n'alerte le public. Johnny voulait, pour une fois, se mêler à la foule. Être un homme comme les autres, avec sa peine et sa douleur. C'est imprégné de cette atmosphère lourde et triste que, le soir, il montera une dernière fois, seul, sur la scène du Palais 12.

Épilogue

Chaque rencontre en coulisses avec le fauve, chaque instant furtif où son regard insondable a percuté le mien, que ce soit depuis mon fauteuil d'interview ou au milieu du public en transe, reste gravé à tout jamais. J'ai eu l'envie, le besoin irrépressible, de partager ces moments précieux avec tous ceux qui l'aimaient. De les ranimer à travers ces quelques pages. Parler de Johnny, c'est continuer à le faire vivre.

Le fait de couvrir l'actualité belge de Johnny Hallyday pendant quinze ans m'a permis de prendre conscience de ce lien unique qui l'a uni, jusqu'au bout, au pays de son père, Léon Smet. Et c'est cet amour pour le plat pays, sa belgitude profondément ancrée que j'ai souhaité mettre ici à l'honneur. Elle s'est dévoilée toujours plus évidente lors de chacun des entretiens que j'ai menés, que ce soit pour mon travail de journaliste au service de RTL Info ou dans le cadre de l'enquête menée pour cet ouvrage, auprès de ses amis, mais aussi auprès de ceux qui le recevaient chaque fois avec le plus grand plaisir en Belgique.

Cet ouvrage ne se veut ni scandaleux ni révolutionnaire, quand certains rivalisent de scoops et de derniers « secrets » inavouables révélés. Ce n'est rien d'autre qu'un hommage.

De Johnny, je garderai, comme autant de flashs, sa silhouette féline prête à s'élancer sur scène dans son costume de lumière. Sa bienveillance immense quand s'agitait autour de lui un essaim d'attachés de presse zélés. Sa générosité sans limites, face au public, pour lui donner chaque soir le meilleur de lui-même, dans une communion presque religieuse.

Pour permettre à chacun de se reconnecter à l'idole, sans pour autant se rendre sur sa tombe au bout du monde à Saint-Barthélemy, j'ai souhaité proposer un parcours, sur ses traces, en Belgique. À la manière d'un petit guide. Vous pourrez ainsi découvrir les endroits clés liés à l'histoire de la famille de Johnny, mais aussi les adresses où il aimait flâner dans la capitale belge, faire des emplettes ou passer du bon temps.

Sur les traces de Johnny en Belgique

Parcours bruxellois

Warwick Brussels, ancien Royal Windsor
5, rue Duquesnoy, 1000 Bruxelles

Cet hôtel cinq étoiles au cœur de la ville de Bruxelles est situé à deux minutes de marche de la Grand-Place.

Johnny logeait dans la suite Royale, n° 619, mais il vous en coûtera entre 2 000 et 3 000 euros la nuit ! Plus accessibles, pour moins de 200 euros, les chambres standard vous donneront tout de même un aperçu de l'atmosphère de l'hôtel, point de départ idéal de votre parcours bruxellois. Certains membres du personnel qui y travaillent encore ne sont pas avares d'anecdotes drôles ou touchantes.

La Coutellerie du Roi
27, passage du Nord, 1000 Bruxelles

Une balade de dix minutes vous mène à l'une des adresses shopping du rockeur, qui collectionnait les couteaux.

Empruntez la rue du Marché-aux-Herbes, puis la rue Neuve pour rejoindre le passage du Nord, galerie commerçante datant de 1882. Johnny aimait chercher des pépites dans plusieurs boutiques spécialisées de la ville, dont ce petit magasin à l'ancienne. Il y amenait ses amis, comme Pierre Billon ou Michel Mallory. C'est l'occasion aussi d'admirer l'architecture du passage.

Galeries royales Saint-Hubert
1, galerie de la Reine, 1000 Bruxelles

D'une galerie à l'autre… Revenez vers le quartier de la Grand-Place en passant par la rue Neuve et rejoignez les galeries royales Saint-Hubert et, plus précisément, la galerie de la Reine. Profitez d'une halte chez Godiva. Johnny aimait se ravitailler chez ce chocolatier belge historique, pour rapporter des cadeaux à ses proches en France.

Delirium Café
4, impasse de la Fidélité, 1000 Bruxelles

Traversez les galeries jusqu'au bout et rejoignez le Delirium Café pour déguster une bière. Le bar vous propose 2 000 variétés différentes de l'incontournable breuvage. La gueuze avait la préférence de Johnny. Notez le nom de la rue : « impasse de la Fidélité ». On sait que le rockeur aimait beaucoup les bons mots…

Aux Armes de Bruxelles
13, rue des Bouchers, 1000 Bruxelles

Revenez sur vos pas, sur quelques mètres, et découvrez les Armes de Bruxelles, l'une des adresses incontournables de Johnny. Dans cette brasserie qui a retrouvé son chic d'antan après quelques années difficiles, vous pourrez consommer les plats préférés du rockeur, typiques de la région : des anguilles au vert ou encore du waterzooi de poisson. Menu complet à partir de 38,50 euros.

Chez Léon
18, rue des Bouchers, 1000 Bruxelles

Si vous préférez une adresse plus abordable et rustique, il vous suffit de traverser la rue. Juste en face, Chez Léon, adresse tout aussi mythique qui appartient désormais au même propriétaire. Dans une décoration typiquement belge, la brasserie met à l'honneur toutes les personnalités passées par le restaurant, en indiquant leur table préférée avec une petite plaque dorée. Johnny, tout comme Jacques Brel, a la sienne. Optez sans hésiter pour les croquettes aux crevettes que le chanteur affectionnait au point d'en rapporter à Paris. En 2022, le restaurant décroche d'ailleurs la 3e place au « concours bruxellois de la meilleure croquette aux crevettes ».

L'Estrille du Vieux Bruxelles, ancien cabaret du Trou Vert fondé par Léon Smet

7, rue de Rollebeek, 1000 Bruxelles

Redescendez en direction de l'hôtel Warwick et poursuivez jusqu'à la place de l'Albertine, puis rejoignez le boulevard de l'Empereur et la rue des Alexiens, jusqu'à trouver la petite rue de Rollebeek, très pittoresque. Aux beaux jours, vous y croiserez peut-être un accordéoniste qui vous transportera dans ces années 1930 où Léon Smet embrassait avec succès sa carrière de comédien. La devanture de L'Estrille vaut le coup d'œil : elle date de 1587. C'est l'une des plus vieilles auberges de la capitale, aujourd'hui classée et protégée. Le cabaret créé par Léon se trouvait à l'étage. Il a d'abord été situé 11, rue Montagne-aux-Herbes-Potagères, mais il n'y a plus rien à voir à cette adresse-là.

Poursuivez votre promenade en remontant vers la place du Grand-Sablon, toute proche, qui rassemble pâtisseries chics, chocolatiers et antiquaires de luxe et profitez-en pour prendre un verre en terrasse.

Cimetière de Schaerbeek
4, rue d'Evere, 1140 Evere

Si vous souhaitez vous recueillir sur la tombe de Léon Smet, il vous faudra prendre un moyen de locomotion : voiture, vélo, taxi ou transports en commun, et vous éloigner du centre-ville.

Attention : le cimetière est mitoyen avec celui d'Evere, une autre commune bruxelloise. Face aux grilles d'entrée, c'est celle de gauche qu'il faut choisir pour ne pas se tromper. Le cimetière est assez grand, les voitures peuvent y accéder. La tombe se trouve parcelle 10, chemin 16, tombe 33. Ne soyez pas surpris : la simple dalle est rarement fleurie. Léon Smet a été enterré le 20 novembre 1989, en présence de Johnny, qui a payé les deux premières concessions de quinze ans. La famille a procédé à un nouveau renouvellement, après le décès de Johnny. C'est également à Schaerbeek que repose l'artiste belge René Magritte, tombe beaucoup plus visitée.

Maison Antoine
1, place Jourdan, 1040 Etterbeek

Depuis le cimetière, rejoignez la station Jules-Bordet, à cinq minutes à pied. Montez dans le bus 80 qui vous mènera jusqu'à la place Jourdan. Un petit creux ? Pourquoi ne pas goûter à ces frites que Johnny affectionnait tant ? C'est à la très courue Maison Antoine que le rockeur se régalait.

Ici, les frites sont cuites à la graisse de bœuf, comme le veut la recette originale belge. Vous aurez le choix entre une multitude de sauces pour accompagner votre cornet. Johnny Hallyday, lui, prenait toujours de la mayonnaise. « C'est bien la preuve que je suis à moitié belge », lançait-il régulièrement aux journalistes.

Plus loin

Pour marcher sur les traces de Johnny en Belgique, vous pouvez pousser jusqu'à la mer du Nord. Le chanteur a donné de nombreux concerts sur la côte dans ses jeunes années, notamment à Ostende et à Knokke, station balnéaire très mondaine. Si vous n'êtes pas véhiculé, vous pouvez vous y rendre aisément en train. Le site de la SNCB vous renseignera. Pour circuler sur place d'une ville à l'autre, n'hésitez pas à emprunter le tram côtier.

Hôtel La Réserve
160, Elisabethlaan, 8300 Knokke-Heist

C'est dans l'hôtel le plus luxueux de la mer du Nord que Johnny Hallyday aimait poser ses valises. Niché près des dunes et de la réserve naturelle du Zwin où l'on peut s'adonner à de longues marches, ainsi qu'à quelques pas de la plage, cet établissement offre tout le luxe d'un grand hôtel, piscine et espace bien-être compris. À l'époque, dans les années 1970, la star pratiquait le ski nautique sur le lac tout proche, notamment avec son ami compositeur Pierre Billon. L'activité n'est hélas plus proposée aujourd'hui, mais le décor naturel a peu changé.

Johnny est loin d'être le seul à avoir séjourné dans cet hôtel. Dès les années 1950, il était le point de rencontre d'intellectuels, acteurs, chanteurs et autres personnalités en tout genre : la princesse Paola de Belgique – devenue reine –, Frank Sinatra, Brigitte Bardot, Marlene Dietrich, Maurice Chevalier... Après plusieurs décennies, l'établissement jugé trop vieillissant a été démoli en 2008 puis reconstruit. Il a rouvert en 2011.

Le prix des chambres commence à 255 euros la nuit.

Le Bistro de la mer
2, Oosthoekplein, 8300 Knokke-Heist

Vous pourrez déguster de la cuisine franco-belge dans ce restaurant gastronomique. Le premier atout de cette adresse, c'est son patron ! Jef De Gelas est un restaurateur historique du centre de Bruxelles. Il a été le propriétaire de toute une série d'établissements au cœur de la capitale pendant des années. Il se présente lui-même comme « l'ancien roi de la Grand-Place ». Désormais, l'octogénaire profite de l'air marin à Knokke. Si vous avez la chance de le croiser au Bistro de la mer, n'hésitez pas à lui poser des questions sur ses années folles. Il a eu la chance de recevoir Johnny dans ses restaurants, jusqu'au petit matin. Mais il a aussi croisé Léon Smet, qui faisait la plonge dans le resto d'à côté. Sans oublier Jacques Brel, qu'il a vu débuter modestement dans l'une de ses adresses, pour deux francs six sous.

Attention, même s'il est baptisé « Bistro », le restaurant est chic. Vous êtes à Knokke ! Ne comptez pas moins de 30 euros pour un plat.

Grand Casino de Knokke
509, Zeedijk-Albertstrand, 8300 Knokke-Heist

S'il vous reste quelques deniers à dépenser, profitez-en pour tenter votre chance au casino de Knokke. C'est là que Johnny a donné l'un de ses tout premiers concerts en Belgique, le 13 août 1961, après s'être produit quelques mois plus tôt au casino de Blankenberge. La salle a reçu les plus grands noms de la chanson française. Aujourd'hui les machines à sous ont pris le dessus, mais quelques éléments valent le coup d'œil : le plus grand lustre du monde dans l'entrée, ou encore une imposante peinture murale réalisée par René Magritte, *Le Royaume enchanté.*

Club de sports de plage Anemos Beachclub
300 Z, Zeedijk-Duinbergen, 8300 Knokke-Heist

Pendant longtemps, c'était l'un des grands plaisirs de la star quand elle séjournait sur la côte belge : faire du char à voile. Lorsque Johnny se produisait dans le nord de la France, il pouvait même expressément traverser la frontière pour venir s'adonner à ce sport en Belgique et se laisser porter par le vent.

Où le pratiquer ? L'activité est plus généralisée à La Panne, mais vous trouverez également le club Anemos Beachclub à Knokke-Heist. Initiation à partir de 10 ans.

Remerciements

Merci à tous ceux qui m'ont aidée à mettre à l'honneur les racines belges de Johnny. J'ai eu la chance immense d'être suivie dans ma démarche par Mathieu Johann. Il m'a accordé sa confiance, quand je n'attendais que ses conseils. J'ai eu la chance de pouvoir compter sur l'équipe bienveillante d'HarperCollins : Caroline Lamoulie et Sandrine Girard. Elles ont accepté de basculer avec moi dans l'univers Hallyday !

À la mémoire vivante de l'artiste : les fans, qui ne l'oublieront jamais. Nadine, Christine, Bernard, Jean-Luc et Jaja. Vous m'avez un jour ouvert les portes de votre univers 100 % rock'n'roll, tout comme votre cœur, pour faire rayonner votre passion et dire tout votre amour pour le Grand. Que de beaux reportages réalisés ensemble !

À Eddy Przybylski, dont le travail de recherches généalogiques autour des Smet constitue un patrimoine tellement précieux pour ce livre et pour l'avenir. Aux photographes qui ont partagé avec moi des clichés inoubliables : Frédéric Andrieu, Alain Rolland et Alexis Perdaen.

Merci à Pierre Billon et à Michel Mallory pour avoir réveillé leurs souvenirs de virées mémorables en Belgique. C'était pour moi un honneur. Johnny vous doit ses chansons les plus intimes !

Cet ouvrage n'aurait pu voir le jour si RTL-TVI ne m'avait pas, un jour, donné l'occasion de réaliser une première interview de la star la plus plébiscitée… Puis une deuxième, puis une troisième, etc. Merci à Laurent Haulotte et à Philippe Roussel de m'avoir permis de rendre hommage – à travers mon travail de journaliste, à l'antenne et dans ces quelques pages – à quelqu'un qui a tant compté dans la vie de milliers de Belges et de Français.

À Marie-France Muschang et Caro Fontenoy, qui ont organisé un jour un putsch pour que je puisse accompagner les journalistes chargés d'interviewer l'idole. À Christophe Giltay pour ses conseils toujours éclairés. À Marie Iannucci pour la jolie photo dédicacée qui restera dans mes archives personnelles. À Ponpon pour sa petite improvisation face à l'idole qui m'aura valu un précieux compliment. À Hakima, qui s'est tant inquiétée de savoir comment j'allais une fois sortie des studios. À Bruno Magras pour sa confiance accordée « à la Belgique », à Mélissa de Warner, à Manu Mestag, Nicolas, Jen, Soph, Laura, Fanny, Caro D., Véro, Regjep, Marianne, Eric, Amandine, Eli, Béné, Julie pour leur soutien.

Sans oublier bien sûr mes proches, que je bassine depuis longtemps avec mes histoires sur Johnny et qui ont eu la chance de pouvoir constater de leurs yeux le phénomène Hallyday sur scène : Pascal, Marie et Laurent les Houstoniens, Laurence, et Philippe, le bassiste incompris. Anita et Gérard, Virginie et Hélène, Marine et Justine, Manon, Paul et Céline.

À mes parents qui m'ont toujours soutenue dans ma drôle de passion.

À mes sœurs, Marie et Isabelle, qui ont longtemps supporté la musique un peu trop fort dans la chambre d'à côté.

À ma petite Juliette d'Australie qui se tortille déjà sur les airs de rock des années 1960.

À Papi, qui enregistrait à mon intention les émissions sur des cassettes vidéo.

À ma petite Mamie, à qui j'ai eu à peine le temps de parler de ce merveilleux projet.

Merci à Laeticia, qui poursuit l'œuvre de son mari pour la plus grande fierté de Jade et Joy.

À David Hallyday. Chacune de nos interviews ramène à l'essentiel.

À Sylvie Vartan. Notre entretien reste gravé à jamais.

Merci enfin à Lui, l'unique. Aussi grandiose en concert que généreux dans la vie. Sa présence plane toujours sur Forest National. Plus jamais nous ne vivrons ce que Johnny nous procurait sur scène. Mais quelle chance de l'avoir vécu !

Références

Livres

Desta Halliday, *Johnny, l'enfance d'une star*, Michel Lafon, 2000.

Johnny Hallyday, *Destroy : autobiographie complète*, Michel Lafon, 1997.

Eddy Przybylski, *Johnny, d'où viens-tu vraiment ?*, La Boîte à Pandore, 2017.

Eddy Przybylski, *Hallyday, les derniers secrets*, les Éditions de l'Arbre, 2010.

Émissions

À bout portant, Michel Lancelot, 1974.

Hallyday par Johnny, Patrice Gaulupeau, Canal+, 2002.

All Access, Claude Ventura, 1995.

Un jour, un destin, 7 septembre 2014.

Chansons

Ça n'finira jamais, 2008 (Patrice Guirao, Gioacchino Maurici, Calogero Maurici).

M'arrêter là, 2002 (Didier Golemanas, Daniel Seff).

À propos de mon père, 1974 (Michel Mallory, Marc Benois).

Les Coups, 1966 (Georges Aber, Stevie Wonder, Sylvia Moi, Henry Cosby).

Le Nom que tu portes, 1991 (Ysa Shandy, Jon Bon Jovi, Richie Sambora).

Un homme comme les autres, 1977 (Pierre Delanoé, Pietro Felisatti).

Un tableau de Hopper, 2012 (Emmanuelle Cosso, Jérôme Attal, Jean-Jacques Daran).

Entre nous, 2002 (Roger Tabrha, Sophie Nault, Franck Fossey).

Quelques cris, 1999 (Françoise Sagan, David Hallyday).

Ma vie, 2007 (Bruno Putzulu, Laurent Vernerey, Yvan Cassar).

Deux sortes d'hommes, 2020 (Pierre-Yves Lebert, Jean-Jacques Daran).

Drôle de métier, 1984 (Johnny Hallyday, Pierre Billon, Éric Bouad).

Sage pour vous, 1982 (Pierre Billon, Bruno Victoire, Johnny Hallyday).

Je serai là, 1993 (Étienne Roda-Gil, Trevor Steel, John Holliday, Milan Zekavica, Johnnie Christo).

Testament d'un poète, 1989 (Étienne Roda-Gil, Jean-Claude Petit).

Rock'n'roll man, 1974 (Michel Mallory, Tommy Brown).

Le Grand Banquet, 1983 (Pierre Billon, Patrick Larue, Jean Renard).

Rock'n'roll attitude, 1985 (Michel Berger).

La Quête, 1968 (Jacques Brel, Mitch Leigh, Joe Darion).

Rester vivant, 2014 (Isabelle Bernal, Yarol Poupaud).

Composé et édité par HarperCollins France.

Achevé d'imprimer en septembre 2022.

CPI
FIRMIN-DIDOT

à Mesnil-sur-l'Estrée (Eure)

Dépôt légal : octobre 2022.

Pour limiter l'empreinte environnementale de ses livres, HarperCollins France s'engage à n'utiliser que du papier fabriqué à partir de bois provenant de forêts gérées durablement et de manière responsable.

Imprimé en France